最後の晩ごはん

ゲン担ぎと鯛そうめん

椹野道流

角川文庫
23263

プロローグ 7
一章 小さな挑戦 22
二章 継続は力……? 58
三章 タイミング 90
四章 踏まれる麦 128
五章 前へ進め 167
エピローグ 208

登場人物

イラスト／くにみつ

五十嵐海里（いがらし かいり）

元イケメン俳優。
現在は看板店員として料理修業中。

夏神留二（なつがみ りゅうじ）

定食屋「ばんめし屋」店長。ワイルドな風貌。料理の腕は一流。

ロイド

眼鏡の付喪神。海里を主と慕う。人間に変身することができる。

最後の晩ごはん　ゲン担ぎと鯛そうめん

淡海五朗（おうみ ごろう）

小説家。「ばんめし屋」の馴染み客。今はもっぱら芦屋で執筆中。

倉持悠子（くらもち ゆうこ）

女優。かつて子供向け番組の「歌のお姉さん」として有名だった。

里中李英（さとなか りえい）

海里の俳優時代の後輩。真面目な努力家。舞台役者目指して現在充電中。

最後の晩ごはん　ゲン担ぎと鯛そうめん

五十嵐奈津（いがらし なつ）

獣医師。一憲と結婚し、海里の義理の姉に。明るく芯の強い女性。

五十嵐一憲（いがらし かずのり）

海里の兄。公認会計士。真っ直ぐで不器用な性格。

砂山悟（さやま さとる）

カフェ兼バー「シェ・ストラトス」オーナー。元テレビ局のプロデューサー。

プロローグ

打ち込んだばかりの文字が、じんわりとぼやけて読みにくい。

小説を執筆する手を止めた淡海五朗は、しょぼつく目を擦ろうとして、上げかけた手を危ういところで止め、机に下ろした。

『そんなことするから、すぐ目にバイ菌が入って痛い痛いって大騒ぎするんでしょ！子供じゃないんだから』

もういないはずの妹の声が胸の奥から聞こえた気がして、淡海の削げた頬に苦笑が浮かぶ。

「はいはい。兄はちゃんと学習してますよ」

小さな声で幻聴に返事をすると、淡海はパソコンの前に常備している目薬を両目に差した。染みて痛いが心地よくもあるという複雑な感覚をしばし味わってから立ち上がり、大きく伸びをする。

ここしばらく妙に筆が乗って、昼前から翌日の早朝まで、生命活動の維持に必要な行為をする以外、ずっと執筆に没頭している。

早く作業が進むのでいいように聞こえるだろうが、淡海にとって、これはいささか危険な兆候だ。

同業者にすらあまり理解されないが、淡海としては、筆は乗りすぎても乗らなすぎてもいけない。

悩み悩み書いたことが伝わってしまうようでは、読者もテンポ良く読み続けることができず、読み心地がよくないだろう。

だが一方で、あまりにもスピーディに書き飛ばしてしまうと、文体が上滑りして軽薄になるし、繊細な表現がどこかへ消えてしまうし、書くべきだった大切なことを次々と取りこぼすことにもなる。

スラスラ書けるのが嬉しくて執筆三昧の数日間を過ごしてしまったが、冷静に考えてみれば、もっと早く我に返って、自分の仕事をチェックすべきだった。

デスクの前に立ったまま、パソコンの画面に表示されている範囲の文章をさっと読み返した淡海は、不愉快そうに眉をひそめた。

「どうにも薄っぺらいな」

常に人当たりがよく、他人にアドバイスを求められたときには穏やかな言葉を選ぶことが多い淡海だが、自分自身への駄目出しは実にシンプルで厳しい。

それでも、丹精して書いた文章をすぐ消してしまうのは惜しくて、彼は少し悩んだあと、消去キーから手を離し、パソコン画面の右下に表示されている時刻を見た。

午後十一時十三分。

肩こりと腰痛に耐えかねて入浴したのが確か午後五時過ぎだったので、六時間近く、断続的にキーボードを叩き続けていたことになる。

（そりゃ、目もショボショボになるってもんだ）

自分自身の集中力に少しばかり感心しつつ、淡海は白い天井を見上げ、しばし考えた。

まだ焦って作品を仕上げなくてはならないタイミングではないので、もう今夜は「店じまい」にしてしまってもいいのだが、身体は泥のように疲れているのに、眠気はまったくない。

マシンガンのように言葉を紡ぎ続けてきたので、まだ脳が活性化したままなのだろう。寝室へ行っても、どうせ眠れなくてイライラしてしまうに違いない。

そう考えた淡海は、壁際のソファーにゴロリと横たわった。

本格的に眠るために据えたものではないので、肘置きにクッションを載せて頭を置くと、長身の淡海だけに、ふくらはぎから向こうは外に飛び出してしまう。それでも、ゴロゴロして休息する程度なら十分だ。

「はあ……」

かつて、「咳をしても一人」と詠んだのは、確か尾崎放哉だったか。

さしずめ自分は、「嘆息しても一人」だ、などと思いながら、淡海は胸骨の上、ちょうど心臓があるあたりに両の手のひらを重ねた。

死してなお、魂の状態でこの世に留まり、淡海の身体に宿って、彼を案じ続けてくれた妹の純佳。

そんな彼女が去って以来、淡海はときおり、自分の心臓を意識するようになった。

特にそんなところに手を置いたところで、みずからの拍動を感じられるわけではない。

ただ、自分の胸の内がとても空虚に感じられて、手を置かずにはいられないのだ。

妹の魂が自分の中に宿っていると知ってから、彼女が本当にこの世を去るまでの数年間、淡海の胸の半分、いや、それ以上が、妹に占有されていた。

妹が心を動かすと、淡海の心もつられて動いた。

可愛いもの、美しいものを見ると心が震え、美味しいスイーツを口にしたり、特定のアイドルの歌を聴いたりすると、心が弾んだ。

それは妹の好みであるとわかっていても、淡海は、まるで自分がそうしたものを大いに好んでいるように感じ、実際、妹と共に何でも楽しむことができた。

子供の頃から内気で自制心が強く、思いのままに振る舞うことがなかった淡海にとって、妹がもたらす無邪気な興奮は新鮮で楽しく、毎日が、人生を謳歌しているという実感に満ちていた。

小説家の小賢しい語彙などすべて打ち棄てて、ただ「嬉しい、楽しい」と表現すべき毎日だったのである。

そんな幸せな日々を淡海に与えてくれた妹の純佳が、あっさりと自分から手を離し、跡形もなく消えてしまって以来、淡海は大きすぎる喪失感から、未だ立ち直れずにいる。

淡海自身が自覚していることなのだが、子供時代、誰からも「大人びた子供」と評されていた彼は、奇妙なことに、今もそのままでいる。

何故か未だに、大人になりきれていないのだ。

いつの間にか不惑といわれる年齢を少しだけ過ぎ、若くして結婚した同級生の中には、早くも子育て終了宣言をした者もいる。

あと数年もすれば、祖父母になる者も現れるに違いない。

そう思うと、淡海の身体はひとりでにブルッと震えてしまう。

「僕は、何をしてきたんだろう」

天井に取り付けられたいささか殺風景な蛍光灯を見上げ、淡海は独りごちた。

答えはひとつ。

ただひたすら、小説を書き続けてきた。

無論、小説家として名を成し、たくさんの小説を世に送り出してきたことには誇りを持っている。

そのうちのいくつかはドラマや映画になり、たくさんの人の目に触れた。

「あなたの小説で、救われた」だの、「あの作品がきっかけで、人生が変わった」だのという感想を貰って、胸が熱くなることもある。

ときには、自分の小説が人と人とを結びつけるキューピッドの役を果たしたと聞くこともある。「初デートが、あなたの作品の映画でした」などという、ありがたい話もある。

自分の作品が、誰か他の人の心に根を下ろし、良きにつけ悪しきにつけ、その人と共に時を刻み続けていると知ったときには、小説家になってよかったと心から思う。

淡海は、運と実力の双方に恵まれた、実に幸せな書き手である。

それは自他共に認めるところだ。

しかし。

「しかし、だ」

この家の前の主だった伯父愛用のソファーに寝そべり、いささか埃っぽいモケット生地の臭いを嗅ぎながら、淡海は誰にともなく問いかけた。

「小説家ではない僕には、何の値打ちがある？」

ずっと一緒にいた亡き妹が去った後、こんなどうしようもない疑問に、真摯に答えてくれる人はいなくなった。

淡海はひとりぼんやりと、思いを巡らせる。

大物政治家の隠し子という自分の出自を気にするあまり、人づきあいを避けて内にこもっていた十代の頃の自分とは、もう決別した、と思う。

小説家になってからは、そうした自分の鬱屈した想いやつらかった経験を、小説の世界に活かすことができるようになったからだ。

といっても、キャラクターに自分の考えを代弁させたり、自分の経験をそのまま追体験させるわけではない。それでは私小説になってしまう。

そうではなくて、自分が生み出したキャラクターたちが、自分ではどうしようもない、みずから選んだのでない重荷を背負って生きるとき、作者である淡海は、彼らの悲しさや葛藤を、理解と共感を持って受け止めることができる。

それが、小説家としての自分の強みだと、今の淡海は感じている。

淡海が生み出すキャラクターたちは、決して彼自身ではない。

淡海の考えを代弁したり、淡海ができなかったことを代わりにしたりするための存在でもない。

それでも、キャラクターの心の痛みを感じつつ、彼らの選択を誰よりも近いところで見守ることで、淡海自身が少しずつ癒されているような気がする。

加えて、自分が世に送り出した小説が、見も知らぬ読者の苦しみや悲しみに寄り添えたと知るたび、淡海は、もしかすると、自分が産まれてきたのは、このためだったのかもしれないと感じる。

つくづく、作家になったおかげで、自分は今も前向きな気持ちで生きていられるのだと淡海は思った。

だからこそ、小説家という肩書きを外した自分というものが、彼自身、もはや想像できないのだ。

（親しく付き合っている人たちは、みんな、小説家としての僕しか知らない。勿論、それも僕には違いないけれど……そうでない僕を知っていたのは、純佳だけだった）兄としての自分を見つめ、慕い、案じ、叱ってくれた妹は、二度に分けて淡海のもとから旅立っていった。

一度目は、その肉体を失ったとき。

二度目は、魂だけの状態でずっと宿っていた淡海の肉体を出て、ついに消え去ったとき。

そもそも、若くして突然、事故で死んでしまった純佳自身の悔しさや悲しさはいかばかりだったか。

それなのに彼女は、後に残された兄のことばかり心配して、いわゆる「成仏」せずに、淡海のもとに留まっていてくれた。

淡海が自分の脚で立てるよう、十分な猶予を与えてくれた。

それなのに、このザマだ……と、淡海は自分自身にゲンナリして、溜め息をついた。

「たとえば、今日、僕は何をしていた？」

自分自身の問いかけに、淡海は指を折りながら、一日の自分の行動を振り返った。

「昼前に起きて、小説を書いて、資料を探しに駅前の書店に出掛けて、手に入れた本を読んで、少し庭の草なんかを引いて、風呂に入って、また小説を書いて……」

考えてみれば、今日、彼が他人と交わした言葉は、買い物をしたときの「ありがとう」だけだ。

小説家としてメディアに登場するときには、いかにも人生経験豊かな、思慮深い人物のように扱われているが、実際の淡海の毎日は、だいたいそんな感じである。

「小説を書けなくなったら、僕なんてゴミみたいなものだな」

自嘲の塊のような嘆きが淡海の口をついて出たそのとき、彼のスマートフォンが、机の上で賑やかな着信音を奏で始めた。

「おや」

すぐにクッションから頭をもたげたものの、淡海はしばらく、応答したものかどうか迷った。

少し前まではともかく、今はこんな時刻に連絡してくる編集者などまずいないはずだ。遅い時刻にも躊躇いなく電話をかけてくるのは、たいていマスコミか、テレビ番組の関係者と相場が決まっている。

彼らの用事は、たいてい面白くない、というか煩わしいものが多いので、無視してしまおうかと一度は思ったが、やはり気になる。

しぶしぶ起き上がった淡海は、立ち上がると、ヨロヨロと机の前へ行き、いかにも億劫そうにスマートフォンを手に取った。

「うん……？」

液晶画面に表示されていたのは、意外な名だった。

「マスター」

言うまでもなくそれは、彼の馴染みの定食屋、「ばんめし屋」の店主である夏神留二のことだ。

「僕がかけるならともかく、彼から連絡してくるのは珍しいな。どうしたんだろう」

少し心配しながら、淡海は通話アイコンを押し、スマートフォンを耳に当てた。

「もしもし？」

探るような声音で淡海が声を発すると、スマートフォンからは夏神の野太い声が聞こえてきた。

『どうも。いきなりご連絡して、すいません。お仕事の邪魔してしもたでしょうか』

「いや、今、ちょうど休憩していたところだから大丈夫だよ。どうかした？」

淡海が返事をすると、夏神は躊躇いがちな口調でこう言った。

『いや、なんやこないな電話どうかと思うたんですけど、しばらく来てはらへんから……その』

「ああ、僕が自宅でのたれ死んでるんじゃないかって心配してくれた？」

『いや！　そこまでは！　そやけど、先生は仕事に没頭しはると食うん忘れるから、家で倒れてはったりするん違うかて、イガが』

夏神がそう言うが早いか、『あー、俺のせいにしてる！　夏神さんも滅茶苦茶心配してたくせに！』という五十嵐海里の笑い交じりの声も聞こえてきた。

どうやら、店の客が切れたタイミングで、厨房から淡海に電話してきたようだ。

淡海は今日一日の行動をもう一度振り返り、恥ずかしそうに答えた。

「そういえば、昼前、起き抜けにパンを一口かじっただけだな」

『やっぱりー！』

『案の定でございましたね』

先方はスピーカー通話にしているのだろう。淡海の言葉に、すぐさま海里とロイドが反応する。

「ああでも、コーヒーは砂糖入りで何杯か飲んだよ。あと、昼間、買い物に出たときに、スタバに寄って甘い甘いフラペチーノも飲んだ。クリームも山盛りで」

そんな淡海の言い訳がましい補足に、他の二人を黙らせたらしき夏神は、重々しく答える。

『そない糖分ばっかり摂らはったら、余計に身体に悪いですよ。お節介やとは思いますけど、イガに何ぞ届けさせましょか？　今、ちょうど手が空いてるんで、材料さえあったら先生の食いたいもんを……』

「いや、それは申し訳ないよ」

淡海は遠慮したが、夏神はやや強い口調で主張した。

『今さらですて。うちのイガがえらいことお世話になっとるんですし、このくらいさしてもらわんと。それに……』

「それに？」

　夏神がいささか変な感じで口ごもったので、淡海は思わず先を催促してしまう。

　すると夏神は、いかにも照れ臭そうなぶっきらぼうな調子で言った。

『そないな恩義は抜きにしても、他でもない俺が落ち着かんのですわ』

「……どうして？」

『どうしてて、そら……改めて訊かれたら、まあ、その、何ちゅうか』

　さらに追及せずにいられなかった淡海に、夏神はむしろ困った様子で言い淀む。

　すると可笑しそうな声で、海里が口を挟んだ。

『夏神さんは、淡海先生が生き物として心配なんですって』

『おい、イガ！』

『どんな生き物だって食べないと死ぬのに、仕事に没頭して食べるのを忘れるのは、生き物としてヤバいから心配だって』

『こら！　身内で話したことを、そのまんまご本人に伝える奴が……先生、すんません。失礼なことを』

『ですが夏神様、それは真理でございますよ』

　スマートフォンから聞こえてくる三人の賑やかなやり取りに、それぞれの表情までがまざまざと脳裏に浮かんで、淡海の瘦せた顔に、ゆっくりと微笑が広がっていく。

「生き物として、ヤバい……か。マスターは、僕のことを、作家ではなく、生き物として案じてくれているのかな」

『……へ？』

思わず淡海が口にしたそんな言葉に、夏神は、不思議そうな声を出す。

通話を始める寸前まで、淡海が考えていたことなど、夏神には知る由もないのだから、戸惑うのも当然のことだ。

「ああいや、ゴメン。変なことを言ってしまった。忘れて……」

『こんなん言うたら叱られてしまうかもしれへんですけど、俺、正直言うて、本読むん、あんまし得意やないんです。そやから先生は、俺にとっては小説家っちゅうより、店に来てくれる大事なお客さんのひとりです』

淡海は話題を変えようとしたが、夏神は生真面目にそんなことを言った。

「お客さん」

『はい。俺、お客さんには、旨いもん食うてニコニコして、元気に暮らしとってほしいんです。そやから先生が食うん忘れとったら、俺が無理くり思い出さしてでも、ちゃんと食わしたい。これはもう、俺の勝手な思いなんですけど、それでも、食わんよりは食うたほうがええと思うんで！』

いかにも夏神らしい実直な言い様に、淡海の目尻の笑いじわが深くなった。

なるほど、妹がいなくなってひとりぼっちになったと思いきや、あの小さな定食屋にも、肩書きなど気にせず、等身大の淡海を大事に思ってくれる人々がいる。

小説を書こうと書くまいと、生き物としての淡海が健やかに食べ、生きることを、彼らは願ってくれている。

それは、淡海自身にとっても予想外なほど、心強く、嬉しいことだった。

「行くよ」

だからこそ、淡海の口からは、自然とそんな一言が飛び出した。

『ほんまに、遠慮しはらへんでも、何でも届けますよ？』

「いや。行きたくなった。三人の顔を見て、何か軽いものを……そうだな、美味しいにゅうめんなんかをおねだりしてもいいだろうか」

淡海のリクエストに、夏神はあからさまに嬉しそうな声を出した。

『お安いご用ですわ。ほな、出汁引いて、お待ちしてます』

「うん。……ありがとう、待っているって言ってくれて」

『……はい？』

「いや、こっちの話。じゃあ、後で」

通話を終えた淡海は、しばらくスマートフォンを眺め、そして呟いた。

「ほしいと思っていた言葉を誰かに貰えるっていうのは、なんだかとても嬉しいものなんだな。僕の小説から救いを得たという読者さんも、同じ気持ちだったんだろうか」

独り言を言いながら、淡海の視線は、パソコンの画面に注がれている。

そこに表示されているのは、さっきまで彼が書いていた小説の原稿だ。

いささか不満な出来映えではあるが、勿体ないのでどうにかこうにかこのまま書き続けられないか……そんな未練でそのままにしておいた原稿を、今度こそ、淡海はすっぱりと消去してしまった。

夏神が、精いっぱいの旨いもので淡海をもてなしてくれるように、淡海もまた、自分が差し出せる最高の物語を読者に届けたい。心からそう思えたからだ。

一応は「勿体ないな！」と嘆きつつ、そのくせやけに晴れやかな表情でパソコンの電源を落とすと、淡海は「ばんめし屋」へ行くべく、いそいそと服を着替え始めたのだった……。

一章　小さな挑戦

兵庫県芦屋市。

六甲山と大阪湾に挟まれたこの小さな街には、その両者を繋ぐように流れる芦屋川がある。

かつて起こった大水害を教訓に、今は堅固な河川敷が整備され、穏やかな川の流れを眺めつつ、散歩やランニングを楽しむ市民の姿がよく見られる場所だ。

その芦屋川沿い、阪神芦屋駅にほど近く、カトリック芦屋教会と芦屋税務署、さらに芦屋警察署にやんわり囲まれるという独特の立地にぽつんと心細そうに建っている古くて小さな一軒家が、知る人ぞ知る定食屋「ばんめし屋」である。

営業時間は、だいたい日暮れから夜明けまで。

メニューは日替わり定食一種類のみ。

そんな独特の営業形態ゆえに、日中は扉を閉ざし、静まり返っているはずのこの店が、その日だけは様子が違っていた。

まだ正午を少し過ぎた頃だというのに、店の前には「営業中」の札と共に、紺地に店名を白く染め抜いた、先日新調したばかりの暖簾が、春の少し強い風にはためいている。

しかも店頭には小さな机と椅子まで置かれ、その椅子に座っていた若い男性が、少し慌てた様子で店の引き戸を開けた。

「すみません、マスター！　お客さんが次々いらっしゃるので報告のタイミングが遅れて、お弁当、残、三になっちゃいました」

心底申し訳なさそうにカウンターに駆け寄り、そう言った男性の名は、里中李英という。

舞台を中心に活躍する俳優だが、今は心臓を患い、この街で静養中である。

そして、カウンターの中で「ホンマか！」と驚きを隠せない大男が、この店のオーナーシェフである夏神留二だ。

料理人というよりはアスリートを思わせる筋骨隆々の身体にTシャツとジーンズ、それに洗いざらした前掛けという装いで、ザンバラ髪はオールバックにして、手拭いでしっかり包んでいる。

「えー、マジで？　凄いな、順調に売れてんじゃん！」

夏神が作った料理をトレイに載せながら、弾んだ声を上げたのは、この店の住み込み店員、五十嵐海里だ。

彼もかつては李英と同様に俳優兼タレントとして活躍していたが、とある冤罪スキャンダルに巻き込まれ、芸能界を追われることとなった。

その後、ごろつきに絡まれているところを夏神に救われ、今は、この店の二階で寝起きし、料理人見習い兼ホール担当として働く傍ら、諦めきれなかった「芝居」との関係を再構築すべく、朗読のトレーニングを続けている。

「それはよろしゅうございました！」

もうひとり、厨房の中で忙しく洗い物をこなしながら、晴れやかな笑顔で李英に声をかけたのは、誰もが「何故、こんなところに？」と二度見する、初老の英国紳士、ロイドである。

ほんの数人しか知らない彼の正体は、齢百を超えるセルロイド眼鏡だ。

イギリス生まれであるが、作られて以来、ほとんどの年月を日本で過ごしたせいか、あるいは、前の持ち主に深く愛されたせいか、ロイドは「もの」でありながら、いつしかその内に魂を宿し、こうして人間の姿に化けることができるようになった。

前の主の死後、公園に打ち棄てられていたところを海里に救われて以来、彼は海里を新たな主と定め、行動を共にしている。

その行動の中に、「ばんめし屋」の手伝いも含まれているというわけだ。

好奇心が人一倍、いや、眼鏡一倍（？）強い本人は、もっと色々な作業がしてみたいのだが、何しろ本体がセルロイドだけに、熱には極端に弱い。ガスコンロからもっとも離れた場所で、ゴム手袋を着けて皿洗いや配膳の手伝い、あるいは火の気がなく安全なホールでの接客が、主な担当業務となっている。

　そんな店内の三人に一斉に見られ、声をかけられて、李英はうっすら童顔を上気させた。

「皆さん、河川敷でお花見をしながら召し上がるって。あの、さすがに三つでは心許ないので、追加をお願いできますか？　お店の中も盛況なので、大変そうですけど」

　満席の店内を見回して心配そうな李英に、夏神は、厚い胸板を大きな手のひらで叩いてみせた。

「おう、すぐ用意する。もし、足りんようになっても補充するから、そう伝えてくれ。待てるお客さんには、申し訳ないけどちょっと待ってもろて」

「わかりました。じゃあ、よろしくお願いします」

　それだけ言って、すぐに踵を返そうとした李英を、夏神は少しだけ心配そうに呼び止めた。

「それはそうと、身体は平気か？　しんどないか？」

　外のほうへ一歩踏み出したところで動きを止めた李英は、笑顔で振り返った。

「平気です。外はポカポカして気持ちがいいですし、それに……」

　少し恥ずかしそうに、李英は海里に視線を向ける。

「先輩が、『病み上がりなので、座ったままのお会計で失礼致します！』なんて札をテーブルの上に立ててくださったもんだから、お客さんに心配されすぎてますよ、僕。もうだいぶ元気になったのに、ちょっと恥ずかしい」

李英が言う「先輩」というのは、役者としての兄貴分であった海里のことである。

当の海里は、さも当然という顔つきで言い返した。

「病み上がりは嘘じゃねえし！　遠慮して立ったりせずに、絶対、座ったまんまで接客させてもらえよ。あと、ちょっとでも具合が悪くなったら、少しも我慢せずに言え。俺かロイドがすぐ代わるし、お前は二階の俺の部屋でいつでも転がっていいんだからな」

「はあい。じゃあ僕、戻りますね」

本当に大丈夫なのに、と、若干間延びした返事でささやかに不満を表明しつつも、彼らに大いに心配をかけた自覚がある李英は、笑顔で外に出ていく。

その背中を見送り、海里はカウンター越しに、「ね、やってよかったでしょ」と、夏神に片目をつぶってみせた。

「……おう」

夏神のほうは、幾分決まり悪そうな面持ちで、短く同意する。

海里とロイドは顔を見合わせ、ふふっと同時に小さく笑った。

今日は土曜日で、本来なら、「ばんめし屋」は営業を休む日である。

土日は店を閉め、各々、休息を摂(と)って体調を整えつつ、娯楽や勉強にもたっぷり時間を使うというのが、店主である夏神の主義なのだ。

しかし、この週末だけは、事情が違う。

何しろ、芦屋市内の様々な団体や組織が主催として協力する、年に一度の大行事、

「芦屋さくらまつり」が、まさに今日から明日にかけて開催されているのである。

　市内に数ヵ所の拠点を設け、特設ステージで様々な演奏やパフォーマンスが披露されたり、主催の各団体が屋台を出したり、そして勿論、主役である桜を愛でつつ芦屋の街歩きを楽しんだりと、とにかく普段は娯楽施設が少なくて静かな町が、市内外からの人々でかなりの賑わいを見せる。

　もっとも、桜の開花のタイミングは地球のご機嫌次第で、必ずしも「さくらまつり」の頃に見頃であるとは限らない。

　イベント開催はだいたい四月上旬なので、まだ開花していないということはまずないが、もはや満開は過ぎて名残の桜がかろうじて、あるいはすっかり散ってしまった、という状態は往々にしてある。

　しかし、今年は開花時期こそ例年どおりだったものの、幸か不幸か寒の戻りが長く続き、「さくらまつり」の名に恥じないだけの花がまだ残っている。

　しかも上天気ときては、たくさんの人が繰り出すのも当然の流れだ。

　例年は、客としてこのイベントを楽しんできた「ばんめし屋」の面々だが、今年は海里が、「さくらまつりに便乗したらどうかな」と、夏神に提案した。

　というのも、「ばんめし屋」の客足が、今ひとつ伸び悩んでいる現実があるからだ。

　無論、立地や営業時間を考えれば、大繁盛の大行列というのはおそらく過ぎた夢だ。

　店主の夏神自身、そんな大それた希望を持ってはいない。彼はただ、来てくれる客に心づくしの料理を振る舞い、ときに、孤独な夜をやり過ごす場所を提供したいだけだ。

とはいえ、暑さ寒さや悪天候のたびに客足が遠のき、経営の心配をしなくてはならないというのは、いささか具合が悪い。

この店のスタッフとなった海里としても、夏神の熱い志や料理の旨さを知っているだけに、店が潰れたりはしてほしくない。芸能界を追放され、絶望していたときに救いの手を差し伸べてくれた夏神への感謝の想いもあり、自分にできるサポートは何でもしようと心に決めている。

色々なSNSに「ばんめし屋」のアカウントを作り、料理の写真を投稿したり、日替わり定食の献立を告知したりするのもその一環だ。

芸能人時代も、みずからそうしたプラットフォームで宣伝活動をしていた海里だけに、勝手知ったる何とやらである。それなりに効果は出ているが、それでも、SNSにアクセスしてくれるのは、既に「ばんめし屋」を知っている、あるいは興味を持っている人々に限られる。

ならば、「ばんめし屋」を知らない人々に、どうやって店を知ってもらうか、あるいは知っているがこれまで来店する機会がなかった人々に、いかにして足を向けてもらうか……それを長らく考え続けてきた海里が出した結論は、「昼間にも営業してみる」ことだった。

だが、漠然とそれを提案してみたところで、夜の営業にこだわる夏神は首を縦に振らないに違いない。

　だったら、何らかのイベントにかこつけて、まずは一度だけ、試しに昼営業をしてみないかと打診してみるのはどうだろう。

　海里がそんな考えに至ったとき、思い浮かんだのが、「芦屋さくらまつり」だったのである。

　残念ながら、芦屋川沿いの桜は、「ばんめし屋」よりずっと北側から始まり、上流に向かって植えられている。「ばんめし屋」の前にあるのは、立派な松並木だけだ。

　それでも、花見ついでに海まで河川敷を歩いてみようと思う人々もきっといるだろうし、交通機関に阪神電車を利用する人々は、「ばんめし屋」の近くを通るはずだ。

　そういう人々をターゲットに、店内ではこの日だけのスペシャルな「日替わり定食」を、そして、テイクアウト用にほぼ同じ料理を詰めた弁当を用意すれば、きっと喜んでもらえて、店の知名度が上がるはずだ。

　いつもは夜に来る常連客も、特別な定食に興味を持てば、昼間でも訪れてくれるかもしれない。

　海里は、そのアイデアに大乗り気になったロイドの援護射撃を得て、最初は渋っていた夏神を、どうにか説き伏せることに成功した。

　さらに、三人だけではオペレーションが心許ないところ、毎日、「ばんめし屋」で夕食を食べさせてもらい、夏神に深く感謝している李英が手伝いを申し出てくれて、すっかり態勢が整った。

屈強な外見に似合わず、心には意外と繊細なところがある夏神は、「さくらまつり」直前まで、「客が来てくれへんかって、食材や料理が余ったらどないしょ」と頻りに気を揉んでいた。

そこで、余っても冷凍して、普段の営業に回せる食材を選べばいい、冷蔵庫と冷凍庫の空き場所をそれまでに最大限確保すれば何とか乗り切れると言い張り、夏神の懸念を彼方に押しやって、海里は自分でもちょっと不安になるほどの量の食材を仕入れることにした。

それが今日、見事に功を奏しているというわけだ。

「じゃ、俺、弁当を詰めるね」

テーブルに料理を運び、厨房に戻った海里は、夏神に声を掛けた。

黙々と海老フライを揚げ続けている夏神は、首に掛けたタオルで顔の汗を拭きながら、「おう、頼むわ」と言った。

午前十一時半に店を開けると同時に店は満席になり、それからもずっと、客足は途切れることがない。

それでも料理の提供が滞らずに済んでいるのは、事前にメニューを徹底的に工夫したおかげだ。

夏神、海里、ロイド、そして李英も参加して、この挑戦を成功させるために何度もメニュー会議を開き、今日の日替わり定食は、老若男女を問わず誰でも楽しめる「ばんめし屋特製、みんなのお子様ランチ」に決定した。

料理はすべて大きな皿一枚に盛り込み、スープだけは別にカップで添える。

ご飯は炊き込みチキンライス、おかずは煮込みハンバーグ、ケチャップとバターで和えたスパゲティ、ポテトサラダにミニトマトとコールスロー、大きな海老フライ、フライドポテト、そして炒めたソーセージと目玉焼きに決定した。

皿の上をお祭り騒ぎにしよう、というのが基本コンセプトだ。

大皿盛りにするのは洗い物を簡略化するためだし、料理のラインナップ自体は豪華だが、ほとんど前もって仕込んでおけるものばかりだ。

さすがに揚げ物と焼き物は都度作らねばならないが、それとて海老フライの衣づけや、ポテトの下茹で、ソーセージの切り込みなどは事前に済ませておける。

「ソーセージもそろそろ補充する？」

「そやな、頼む。火加減は俺が見ようから」

「オッケ」

海里は揚げ鍋の隣のコンロにフライパンを置いて火にかけ、ソーセージをひと摑み放り込んだ。既に深い切り込みが入っているので、あとは火を通すだけで、ソーセージたちはひとりでに形を変え、タコになったりカニになったりするはずだ。

「チキンライス、炊き込みにして大正解だったね。いちいち炒めてたら間に合わないところだった」

海里がそう言うと、夏神はやっといつもの不敵な笑みを浮かべた。

海里とロイドに説得され、しぶしぶ今日の営業に同意した夏神だけに、内外大繁盛の現状を素直に喜べない時間が続いていたが、さっき、「やってよかった」と一応同意してからは、ようやく吹っ切れたらしい。

「そやろ。試食のときは、何ぞ物足りん言うとったけど」

「単品で食べると、ぼけた味だな～って感じだったんだよ。油もトマトソースも控えめだから。でも、白いご飯以上、ガチのチキンライス未満のさじ加減が、おかずと一緒に食べるとちょうどいいみたい」

「そや。あと、新タマネギを大きめに切って入れとるから、炊き込むと甘みがよう出る。それは、味付けを控えめにしとかんと、生きん風味やからな」

「なるほどなー！　さすがプロ」

「さすがに今さら過ぎるやろ、そのコメントは」

苦笑いしつつ、夏神は長い菜箸(さいばし)を自在に操って、油の中の海老フライをご機嫌に泳がせる。

それを横目に見ながら、海里も使い捨ての紙製のランチパックを調理台にズラリと並べ、普段は使わない特大の炊飯器からチキンライスを盛りつけた。その上に、さっきまとめて調理したばかりの目玉焼きを載せていく。

店で食べる人の分は半熟くらいに仕上げるが、弁当は、ある程度時間を置いて食べることを想定して、中までしっかり火を通す。そういう夏神の注意深さをさすがだと思いながらおかずを次々盛りつけていると、客席のほうから「すいませーん、お水ひとつくださーい」と呼ぶ声が聞こえた。

「はーい、すぐ行きます！」

海里は箸を置き、グラスに水を汲んで注意深く運んだ。

水を希望したのは、高齢の夫婦らしき二人連れの、女性のほうだった。

「食後だし、もしかして薬かなと思って氷は入れなかったんですけど、それでよかったですか？　もしよかったら、お連れ様の分もお持ちしましょうか？」

海里が訊ねると、女性はにっこりして頷いた。

「そうなんよ。食後のお薬。飲むんは私だけやから、主人はお茶で大丈夫。でも、ようわかったねえ」

感心されて、海里は照れ笑いする。

「そういう方、ちょくちょくいらっしゃるんで。……ええと、初めて来てくださいましたよね？　どうでした？　お子様ランチ、大丈夫でした？」

ちょっと心配そうな海里の問いかけに、老夫婦は顔を見合わせ、それから二人ほぼ同時に、空っぽになった大皿を両手で示した。息ピッタリの仕草である。

「俺らの子供の頃は、お子様ランチなんてあれへんかったんやで。戦後のもののない時代やったからなあ。そやけど、俺らの子供にとっては、小さい頃のご馳走やった」

懐かしそうに目を細める夫に、妻も笑顔で同意する。

「お兄さんらは知らんやろけど、大阪の北浜にあった三越やら、梅田の阪急百貨店やらには、昔はいちばん上の階に、眺めのええ大食堂があってねえ」

「大食堂……でっかいレストランってことですか？　デパートと食堂ってなんか言葉のバランスがちぐはぐな感じがしますけど」

首を傾げる海里に、夫婦は同時に頷く。説明を続けたのは、妻のほうだった。

「そうそう。大きいレストラン。若い子ぉは、食堂言うたら大衆食堂みたいなんを思い浮かべるんかな。そうやね、今で言うファミレス……よりもっと、守備範囲が広かったように思うわ。和洋中、食事からデザートまで何でもあって、夢みたいやったよ」

「へえ！　夏神さん、知ってる？」

海里が思わず振り返って訊ねると、夏神は揚げ上がった海老フライを油から引き上げつつ、広い肩をそびやかした。

「地元やないけど、旅先で行ったことはあるで、大食堂。ナポリタンにカツが載ってる奴やら、箸で食う、アホみたいに高う巻いてあるソフトクリームやら」

「何それ旨そう！　箸で食うほど高いソフトクリームとか、天国じゃん。そんなメニュー、ありました？」

ストレートに羨ましがる海里を面白そうに見やり、妻は持参の薬をテーブルの上に並べながら答えた。

「ソフトクリームはあったけど、そこまでやなかったね。そんな豪華なソフトクリーム、食べてみたかったわあ。けど、こう、ステンレスやろか、銀色の素敵な台にソフトクリームを立てて出してくれるんが、特別感あってよかったんよ」

「お前、よう覚えとんな」

「たまに家族でデパートに行って、お使いもんなんかを買うて、その後で大食堂でお昼を食べるんが、けっこうな楽しみやったんやもん、私も子供らも。お父さんはいっつもカツ丼食べとったね」

妻にそう言われて、夫は腕組みして、懐かしそうに頷いた。

「俺にとっては、カツ丼言うたら若い頃の最高にデラックスな食い物やったからなあ。お前は何食うとったっけ」

「私は、いっつもざる蕎麦やったね」

それを聞いて、海里はちょっと非難がましい視線を夫に向けた。

「えー。カツ丼とざる蕎麦って、ちょいと格差がありますよね。いや、好きでざる蕎麦をチョイスしてたんならいいですけど、せっかく大食堂なのに……」

妻はふふっと笑って首を横に振る。

「しゃーないんよ」

海里はトレイの上に空いた皿を下げつつ、好奇心にまかせて追及する。

「しょうがないって、どういうことですか？」

するとと妻は、トレイの上の空っぽの皿を指さし、ちょっと苦情めいた口調で答えた。

「子供らが小さい頃は、決まってお子様ランチがええて言われたもんやけど、そのくせいざ目の前に置かれたら、ろくすっぽ食べへんのよ。そやから私はいつも、子供らがちょいちょいとつついた後のお子様ランチをおかずにして、ざる蕎麦を食べとったの」

「あー！　なるほど。でもそれって、旦那さんも協力すればいいやつだったんじゃ」

「それはな、今思うたらホンマにそうや。あんときは知らん顔しとって、えらいすまんかった」

素直に謝る夫に、妻は笑って片手を振った。

「ホンマにねえ！　けどまあ、私らの時代の亭主関白っちゅうんは、そんな感じやったね。私もそれが当たり前やと思うてたとこはあったわ。子供の食べ残しは亭主に食べさせんと自分が片付けな、みたいな」

「へえ……。なんか、お二方を目の前にして言うのも何ですけど、そういう時代が終わってよかったとは思います」

正直過ぎる海里のコメントに、夏神はちょっと慌てた様子で「おいおい」と窘めようとしたが、老夫婦はほぼ同時に「ホンマに」と屈託なく笑い、夫のほうはおどけた調子でこう続けた。

「そやから俺は、今日が人生でお子様ランチ初体験やってんけどな、こない旨いんやったら、子供の残りもんでも食うたらよかったな」

「何言うてんの、あれはあれで美味しかったけど、これは別格やわ。ホンマに美味しいお料理を出してはるんやね。前からこの店の前を通り掛かるたびに、いつかここでお昼食べたいねて言うてたんやけど、いつ見ても閉まってるやない？　よう見たら夜だけの営業て書いてあったし」

それを聞いて、カウンターの向こうから、夏神は申し訳なさそうに頭を下げる。

「えらいすんません。夜出るん、やっぱし難しいですか」

すると夫のほうが、自分の落ちくぼんだ目を指さした。

「年とるとな、目ぇがとろうなるねん。昼間も大概やけど、夜になるとほんまに足元がおぼつかんやろ」

「その上、足自体もおぼつかんからね。やっぱし暗うなってからのお出掛けは躊躇うわねぇ」

妻も言葉を添え、夏神は「なるほど。ホンマにすんません」ともう一度謝り、ちょっとしょげた様子を見せる。

「あら、何だか悪いこと言っちゃったかしら。ごめんなさいね」

夏神の様子に、妻は気の毒そうな面持ちになった。

（あ、ヤバ）

慌てる海里に絶妙のタイミングで助け船を出したのは、客の湯呑みにお茶を注ぎ足しに出てきたロイドだった。

「この絶好の機会を逃さず捉えていただけて、本当に嬉しゅうございますよ。それはそれとして、何故お客様のお子様がたは、ろくに召し上がらないお子様ランチを常に欲しておいでだったのですか？」

老夫婦の顔に、疑問符と感嘆符が瞬時にいくつもちりばめられたのが、海里の目には見えるようだった。

店の常連たちにとって、ロイドは既にお馴染みの存在だが、初めて店を訪れた人々は、こんな古風で小さな定食屋に、驚くほど流暢な日本語を操る英国紳士の店員がいることに驚く。

その驚きようが、海里たちにはもはや新鮮で、少し面白い。

妻は目を白黒させつつも、ツッコミを入れては失礼だと考えたのだろう、興味津々の眼差しでロイドを見ながらも、彼の疑問に答えた。

「それはほら、ちっちゃい子供のことやから。お子様ランチについてるちょっとした玩具やら、デザートのプリンやら……あとは、そうやね、今日みたいに、チキンライスを型抜きして、その上に小さい旗を立ててあるんが嬉しかったり」

それを聞いて、厨房に戻り、夏神が続きを詰めておいてくれた弁当をパッキングしながら、海里は驚いた顔をした。

「あれ、うちのマスターのこだわりなんですけど、マジで必要だったんだ！　俺、ぶっちゃけあれは要らないだろ、普通に盛りつければいいじゃんって思ってました」

「アホか！　必要に決まっとるやろ！　型抜きご飯と国旗の旗は、お子様ランチのぶっとい柱やぞ」

即座に力強く反論する夏神に、店内がどっと沸く。

そやそやとあちこちから飛んで来る賛同の声に、多勢に無勢と悟った海里は、大きな声で「そりゃ失礼しました」と謝ってから、ささやかな弁解を試みた。

「そのへんの感覚には疎いんですよね。俺、子供の頃、お子様ランチとか食ったことがないもんで」

「お？　何でや？」

熱いお茶を旨そうに飲んでいた老夫婦の夫のほうが、怪訝そうに訊ねる。

海里は正直に打ち明けた。

「俺、父が早く死んでしまって。父親代わりになってくれた兄が、めちゃくちゃ現実的っていうか合理的っていうか、お子様ランチなんて見てくれだけで実がない、くだらない、ってハッキリ言うタイプだったんですよね。もっと金額に見合うクオリティのものを注文しろっていつも言われてました」

「あらまあ」

妻の呆れ顔に、海里も弁当に次々と蓋をしながらふふっと笑った。

「あらまあ、ですよね、子供相手に。当時はずいぶん恨みましたけど、兄貴としては、遊びたい時間を削ってバイトして、そんで稼いだ大事なお金だから、どうせならちゃんとしたもんを食べてほしかったんだろうなって思います」

「そうやねえ、確かに。でも、今日いただいたお子様ランチは、とってもちゃんとしとったよ。美味しかった。ねえ、お父さん」

同意を求められた夫も、笑顔で頷く。

「人生初お子様ランチとしては、上等極まりなかったなあ。なあ、また昼に営業してや。ほしたら二人で来るからな」

「……だって、夏神さん？」

海里は悪戯っぽい表情で、夏神を見る。

当の夏神は、何とも複雑な面持ちで、それでも無骨な笑みを浮かべて、「ありがとうございます」と慇懃に礼を言った。


その夜、六時過ぎ。

夏神と海里、李英、そしてロイドは、打ち上げ会食のテーブルを囲んでいた。

外食先に夏神が選んだのは、有馬温泉の近くにある「西洋料理 船坂」だった。

道路からぐっと奥まったところにあり、周囲は田んぼや山という何とものんびりした風景の中で異彩を放つ、堅固な城壁を思わせるデザインの一軒家レストランである。

建物の中に入ると、風車小屋のような趣の天井の高い空間に、テーブルがいくつか、ゆったりと配置されている。

最初に来た客は誰でも、高級感のある設えに気後れするだろうが、実際は、オーナーシェフの夫とホール担当の妻という年配の夫婦が経営する、地元の人々に長年愛されてきた気取りのない料理店だ。

細長い窓から竹藪が見える、なんとも牧歌的な席に案内された四人は、揃ってジンジャーエールで乾杯した。

何しろ、自動車でないとアクセスが少々不自由な立地の店なので、今回は夏神がカーシェアで自動車を用意し、みずからドライバーを買って出た。

ゆえに夏神はアルコール厳禁だし、李英は病み上がりなので飲酒は当然ながら控えており、海里とロイドも、食事のときには酒が必須というほどではない。

そんなわけで、ソフトドリンクの中でも、多少華やいだ雰囲気のある金色の炭酸飲料、ジンジャーエールが選択されたというわけだ。

「今日は、イレギュラーな昼営業、よう働いてくれて、ほんまにありがとうな」

乾杯の後、脚付きの、ままごとのように小さなグラスをテーブルに戻した夏神は、三人に向かって深々と頭を下げ、感謝の言葉を口にした。

ネクタイこそ締めていないが、いつもはTシャツとジーンズで通している夏神が、珍しくジャケットを着込んでいるので、何となく改まった雰囲気がある。

海里とロイド、そして李英は、半ば反射的に、自分たちもしゃちほこばって礼を返した。

最初に言葉を返したのは、李英だった。

「僕こそ、手伝わせてくださって、ありがとうございました。やっと、毎日の晩ごはんの恩返しが、少しだけできた気がします」

今日は、午前十一時半の開店から午後二時の閉店まで、ずっと店の前でテイクアウトの弁当販売を担当していた彼だが、幸いにも、さほど疲れた様子はない。

夏神はホッとした顔つきで、もう一度、今度は軽めに感謝のお辞儀をした。

「何言うてんねんな、晩飯出しとるんは、こっちも商売や。毎日がっつり食わしてくれ言うて、里中君のお父さんからお代をいただいとるんやから」

しかし李英は、控えめだがきっぱりした口調で反論した。

「いえ。それ以上に気遣っていただいてます。日替わり定食のメニューが僕には重すぎるときには、わざわざ他の料理を作ってくださったりして。僕が少しずつ元気になれてるのは、マスターの晩ごはんを毎日いただいてるからですよ」

「そう言うてもろたら嬉しいけどな。イガの大事な弟分や。何でもしたりたいと思う気持ちはあっても、俺は料理しかできへんから」

ザンバラ髪をざっくり撫でつけた夏神は、照れ笑いしながら、海里とロイドにも改めて感謝の言葉を口にした。

「お前らにも、ほんまに感謝しとる。『芦屋さくらまつり』に合わせて、一日だけ昼営業してみようて言うてくれへんかったら、こんな挑戦はせんかった」

「上天気に恵まれ、桜の花もまだまだ綺麗で、『ばんめし屋』も盛況。まことによき日でございましたね」

ロイドはニコニコして、小振りのピッチャーを取り上げ、ジンジャーエールのお代わりを全員のグラスに注ぎながらそう言った。

海里も、ちょっと得意げに胸を張る。

「やっぱさ、たった二時間半のイレギュラー昼営業だったけど、やってよかったよな。俺も、提案してよかったってマジで思った。あんなにたくさん、初見のお客さんが来てくれると思わなかったし、『夜来るわ』って言ってくれた人も、『また昼開けてよ』って言ってくれた人もたくさんいて……」

「ホンマやな」

しみじみと夏神が相づちを打ったとき、オーナーシェフの妻が前菜を運んできた。

海里の印象としては、特に接客技術を専門に学んだわけではなさそうな、朴訥なサービスぶりだ。

それがこの店の大らかな雰囲気を作る要素の一つになっていて、しかも、東京の気取った店では決して味わえない、今や希少性すらある「お母さんのお給仕」っぽさを、海里はとても好ましく思っている。

この店がとっておきだという夏神もまた、店のスタイルは真逆でも、どこか「ばんめし屋」と似通った、温かみのあるカジュアルさを愛しているのではないだろうか。

とはいえ、目の前に置かれた料理は、驚くほど丁寧かつ緻密に作られたものだ。

シーフードと柑橘、葉物野菜を組み合わせた小さなサラダ、真っ白なすり身で作ったテリーヌ、柔らかな牛肉とペンネ、サラリとしたクリームソースを合わせた温かな煮込み、そして何より、ひと匙、口に入れた瞬間、たちまち全身に染み渡るような滋味溢れるコンソメのジュレ。

何もかもが繊細な味わいで、塩気も決して強くない。

強い味付けに慣れた人には、一口目が頼りなく感じられるかもしれないが、二口、三口と食べ進むうち、使われている野菜の爽やかかつ濃密な旨みや、肉や魚の滋味が感じられ、どんどん食が進む。

食べていることがしみじみと嬉しくなる。そんな美しく優しい料理だ。

「美味しいですね。なんだろう。大声じゃなく、静かにそう言いたくなります。これが舞台だったら、もっと感情出してけって、演出家の先生にどやされそうですけど」

いかにも役者らしい李英の感想に、海里とロイドも同意する。

「うちはどっちかっていうと飯がガンガン進むパンチの利いた料理が多いけど、こっちはご飯っていうよりパンだし、パンもソースが残ったらつけて食べようかな、くらいでマストじゃないくらいの味付け。これはこれで、俺はすげえ好き」

「そうでございますね。ワインなどにも合うでしょうが、それすらなくてもいいくらいの淡い味わいが素晴らしゅうございます」

そう言いながら、ロイドはパン皿からほんのり温かい、クラストがパリッとしたシャンピニオンをちぎり、添えられたバターをたっぷりつけて頬張る。

もぐもぐと幸せそうに咀嚼しながら、ロイドはふと夏神を見た。

「それはそうと、夏神様」

「おん？」

「あれほどにお昼間の営業を喜んでいただけた、そのことについて、この先如何しようとお考えですか？」

「ウッ」

もの柔らかな口調でいきなり核心に切り込まれ、夏神は演技ではなく、本当に苦しげに呻きながら右手で心臓のあるあたりを押さえた。

「それやけどなあ……」

海里はちょっと心配そうに、向かいに掛けた夏神の顔をテーブル越しに見守る。

「やっぱ、昼の営業は嫌？　半分ごり押ししたとこあったから、気にはしてるんだ」

「いや、嫌ではないんや。そこはほんまにありがたく思うとる。俺は自分でも嫌になるくらい尻が重いから、お前らがお膳立てしてくれへんかったら、絶対に実現できへんことやった」

いつもより鈍い口ぶりで、夏神は言葉を探すように虚空を見ながら再び口を開いた。

「誓って、昼間の営業も嫌ではないんやで。せやけど、俺が『ばんめし屋』を夜だけ営業する店にするて決めたんは、夜中、居場所がのうて心細うて、腹が減って、どないもこないもしゃーない人らが、ふらっと来て、作りたてのアツアツの飯食うて、日が昇るまでどうにかこうにかやり過ごせる場所を作りたい。そう思うたからや」

その話をかつて聞いたことがある海里とロイドは黙って頷いたが、初めて聞いた李英は、感心したようにくりっとした目を輝かせる。

「それ、凄く素敵だし、ドラマチックですね」

「ドラマチック……かどうかは知らんけど、俺がどん底のときに師匠に助けてもろた、その恩返しが少しでもできたらっちゅう気持ちは、いつもここにあんねん」

「俺も、夏神さんに助けてもらったの、夜中だったもんな」

「せやったな」

懐かしそうな視線を海里と交わし、心臓の上に置いたままだった手で同じ場所を軽く叩いて、夏神は真顔で言った。

「昼営業をあんなに喜んでもらえたんは、俺の想像の外のことやった。夜しか営業しとらんせいで、ずっと店に来られへんかった人がそれなりにおるっちゅうことを知って、正直、ショックも受けとる。そういう人らには、ずっと残念な思いをさせてたんやなて。今日、初見のお客さんが見せてくれた嬉しそうな顔やら、旨かったっちゅう声やらは、これまで不自由させてしもとった証拠やろ。心底、申し訳なかった」

営業中、ずっと複雑な顔つきをしていた夏神の姿を思い出し、海里も小さく嘆息した。

「気持ちはわかる。昼営業を提案した当の俺も、実際、昼もやってよって声をたくさんもらって、嬉しいと同時に、何だか心苦しかった」

「そうやねん。喜びと苦しさが同時に押し寄せて来よる」

夏神は、腕組みして溜め息をついた。ジャケットの布越しでも、たくましい二の腕に筋肉が盛り上がるのが見える。

「店を始めたときの軸をぶれさすんは絶対に嫌やし、営業時間をこれ以上長うするんは無理や。そうなると、やっぱし昼営業は難しい」

「だよなあ。何しろ、『ばんめし屋』なんだし」

「せや。『ひるめし屋』やないからな」

うーんと同時に唸って、海里とロイドもガックリと肩を落とす。

「あの、はい」

李英は高校生のように控えめに手を挙げ、発言の許可を求める。

「はいどうぞ、里中君」

夏神の代わりに海里が教師めいた声音でそう言うと、李英は遠慮がちに切り出した。

「部外者の僕が言うのも何なんですけど、たとえば月に一度だけ、土曜か日曜に昼営業をすることにしては？」

「月イチか！」

夏神はギョロ目をさらに瞠る。

「あっ月イチが無理なら春夏秋冬に一度ずつとか、とにかく特別イベントとしての昼営業、どうでしょうか。そのときだけ『ひるめし屋』をやるっていうイベント」

李英のアイデアに、他の三人は顔を見合わせた。だが、夏神の表情はやはり冴えない。

「なるほどなあ。春夏秋冬はさすがに間が空きすぎやろから、やるんやったら月イチやな。そやけど、俺は店主やからええとして、イガとロイドの休日を毎月いっぺん潰すわけには……」

「別にいいよ、そのくらい」

「わたしも特に。主とご一緒に働かせていただくことは、この眼鏡にとっては喜びでございますし」

「え」

海里とロイドにあっさりと承諾され、夏神はむしろ拍子抜けした様子で絶句した。

そんな生真面目な夏神をむしろ慰めるように、海里は笑顔で言った。

「俺たち、『ばんめし屋』をもっと色んな人に知ってほしいし、店の味を好きになってほしいよ。そのために、間口を広げる手伝いができるんなら、喜んでやる。だって、『ばんめし屋』のスタッフだからな！」

「そうでございますとも！」

「あっ、僕も一応、スタッフの端くれのつもりです。いちばんお役に立てないメンバーですけど、それでも、よかったらまた、表でお弁当を売らせてください」

海里とロイドだけでなく、李英までさりげなく協力を申し出た途端、直情径行な夏神の両目があからさまに潤み始める。

「そやけど特別手当、そない豪快には出されへんで？」

「いいよ」

「お気持ちで結構でございます」

「平気です」

三人それぞれ、言葉は違うが同じ気持ちの返事をしたあと、海里が悪戯っぽく笑ってこう付け加える。

「こうして毎月……は厳しいだろうから、それこそ春夏秋冬いっぺんずつ、ここで飯を奢ってくれたらいいよ」

「お……おう、それでええんやったら」

「あら、うちに来てくれはる相談ですか？」

前菜の皿を下げた後、ちょうどスープを運んできたシェフの夫人に嬉しそうな顔をされ、夏神は「あ、いや、まあ、そうです」と半ば反射的に答える。

「やった！　そんじゃ、それで決まり！」

「お、おう……。ほんまにそれでええんか？　その、ありがとうな、三人とも。そやけど、無理はないように頼むで」

三人の気持ちに押し切られるような形で、月に一度の昼営業を決意することとなった夏神は、「また、三人がかりでケツを叩いてもろてしもた」と、恥ずかしそうな半泣き顔で笑った。

温かいアスパラガスのスープ、甘鯛と天使のエビのソテーと料理は進み、やがて、メインの肉料理である小さなステーキが四人に供された。

柔らかいステーキが旨いことは言うまでもないが、添えられた野菜の味に、四人は揃って感嘆の声を上げた。

特に、おそらく皮付きのままローストされたと思われるサツマイモの甘さは、口に入れた瞬間、唸るほどである。

「うわあ、芸能人時代の食レポみたいで嫌だけど、思わず『ん～～！』って言っちゃったわ」

どこか悔しそうにそう言う海里を、李英は面白そうに見やった。

「いいじゃないですか。美味しいが溢れ出した声でしたよ？」

「そうなんだけど、なんか頭悪そうじゃん」

「そうですか？　でも、あまりにも美味しいときって、言葉にならないっていうか」

「あー、それはわかる。奇声を発することしかできねえ！　ってなるよな」

屈託なく笑い合う先輩後輩を微笑ましく見守りながら、夏神はふと思い出したように彼らに訊ねた。

「そう言うたら、水曜、また『シェ・ストラトス』さんで朗読イベントやろ。今日、店の手伝いやってもろて、準備のほうは大丈夫なんか？」

心配そうに問われた海里と李英は、揃って「大丈夫」「大丈夫です」と頼もしい返事をした。

現在、海里の朗読の師匠である倉持悠子は、持病の喘息の悪化により、自宅で療養生活を送っている。

当然、彼女が毎週水曜の夜、阪急芦屋川駅近くのカフェ兼バー、「シェ・ストラトス」で開催していた「朗読イベント」にもしばらくは出られなくなり、その穴を埋めるべく、店主の砂山悟に指名されたのが、海里と李英の二人だった。

最初は二人してプレッシャーで押し潰されそうになりながらの出演だったが、噂を聞きつけて、芸能人時代、海里の熱心なファンだった人々や、李英のファンたちが駆けつけてくれて、予想以上の盛況だった。

マスターの砂山に、「反省点は山盛りだけれど、発展途上の二人に期待を込めて」という前置きはあるものの合格点を貰った二人は、それからも毎週、力を合わせて、全力のステージを務め続けている。

「明日、朝から稽古に行くことにしてるんだ」

海里がそう言うと、夏神は肉の最後の一切れを大事そうに口に入れてから訊ねた。

「お届けしてくれ」

「ほな、今日のお礼に、弁当作ったろ。ついでに先生の分も作るから、お届けしてくれ」

「おっ、いいね！　きっと喜ぶよ」

「隙あらば食わしとかんと、油断したらすぐに飯を忘れて仕事しはるからな」

「違いない。夏神さん、俺、弁当はおにぎりと卵焼きとソーセージがいい」

海里の素朴過ぎるリクエストに、夏神は思わず噴き出す。

「子供か！　いや、それがええんやったら、ええけど。里中君は？」

するとリ李英も、ワクワク顔で答えた。

「僕もそれがいいです！　卵焼きは、ちょっと甘いと嬉しいなあ」

「なんや、里中君もかいな。ええで、俺の卵焼きは、あまじょっぱ系や」

「最高です。明日の楽しみができました！」

喜ぶ二人を横目に、ロイドは子供のように口を尖らせた。

「お二方のお稽古の邪魔をするわけには参りませんので、このロイドはお留守番に甘んじますが……それはそれとして、お弁当はいただきとう存じます」

「わかっとる。弁当は五人分作る。俺とお前も、自宅で弁当や」

「おや、それは望外の喜び。では、夏神様。我々二人は、芦屋川でお花見弁当というのは如何でしょう」

ロイドの提案に、夏神は太い眉を持ち上げた。

「お、ええな。こいつらがビシバシ稽古に励んどるあいだ、俺らは優雅に花見としゃれ込むか」

「そう致しましょう！　ああ、楽しみになって参りましたねえ」

たちまちご機嫌になったロイドを、海里と李英は安堵の表情で、かつ、少しだけ羨ましそうに見たのだった……。


その夜、遅く。

ふと目を覚ました夏神は、「おあ」と言葉にならない掠れ声を上げ、むっくりと身を起こした。

「寝てしもとった……」

そう呟いて、夏神は豪快な大あくびをする。

打ち上げの会食を終え、李英をマンションに送り届けてから、「ばんめし屋」に帰り着いた夏神、海里、ロイドは、そのまま二階の茶の間で、次の「ひるめし屋」開催に向けての作戦会議に突入した。

ことわざにある「鉄は熱いうちに打て」のとおり、今日の感動を忘れないうちに、反省点と改善点を洗い出し、これから毎月開催するにあたっての基本方針を定めておきたいと、三人ともが思ったからだ。

来月はゴールデンウイークがあるので、開催をいつにするかもなかなかに悩ましい問題である。

ああでもないこうでもないと議論を戦わせるうち、昼間の疲れが出たのか、いつの間にか眠り込んでしまっていたらしい。

夏神が寝ていたのは、茶の間の畳の上だが、気づくと、腹の上には脱ぎ捨てたはずの上着が掛けてあった。

おそらく海里かロイドが、夏神を起こさないよう、すぐ近くにあるものを掛けていってくれたのだろう。

畳の上に胡座(あぐら)を掻(か)き、夏神はスマートフォンを手にした。

液晶画面で知る時刻は、午前一時二十二分。おそらく、一、二時間は眠っていたのだろう。

耳を澄ましてみても、隣室からは物音ひとつ聞こえてこない。朝からの活動に備えて、海里たちも既に就寝しているらしい。

（弁当の下拵(したごしら)え……ああいや、おにぎりとソーセージと卵焼きでええんやったら、特に要らんか。ソーセージだけは手持ちが足らんかもしれんから、朝イチでコンビニに買いにいったらええわな。あと、なんぼなんでも野菜は一つくらい入れとかんと。スナップエンドウがあったはずやから、胡麻(ごま)和えにでもしよか）

そんな段取りをする間にも、次から次へと欠伸(あくび)がこみ上げて来る。

いつもの営業よりずっと時間的には短いとはいえ、フル回転で調理を続けていたので、自覚しているよりずっと、身体のほうは疲れているのだろう。

「なんやまだ寝直すんは惜しいような気分やけど、寝んとあかんな」

茶の間は夏神の寝室も兼ねているので、部屋の片隅には、畳んだ布団が積み上げてある。

それらを広げ、寝間着に着替え、今さらではあるが、歯磨きをして布団に潜り込む。

きちんと寝直すためにやることは明らかだが、疲労困憊を自覚した途端、どうにも身体が重くて、きびきびと行動に移す踏ん切りがつかない。

夏神は胡座を掻いたまま、ぼんやりと今日一日の出来事を思い返した。

お子様ランチに目を輝かせる客たちの顔が、次々と目に浮かぶ。

それと同時に、弁当が売れたと喜ぶ李英の笑顔、真っ白な皿を一枚ずつ丁寧に洗うロイドの横顔、そして、数日前から、気弱になりがちな夏神を力強く励ましてくれた、海里の真剣な面持ちもまた、夏神の胸を改めて熱くする。

「他の人が見たらアホみたいに小さな一歩かもしれんけど、俺にとってはでかい一歩やったな、今日は」

小さな独り言を口にした夏神の耳に、奇妙に耳慣れた女性の声が聞こえた。

『また、ええ仲間に恵まれてよかったなあ』

「そやな」

つい自然に相づちを打った夏神は、次の瞬間、ギョッとした。

この家に、この時間帯に、しかも店ではなく夏神の私室に、女性などいるはずがないのだ。

(幻聴にしては、クリア過ぎたで……?)

夏神は顔色を変え、さほど広くもない室内を見回した。

だが、当然ながら、彼以外の人影など見えはしない。

(やっぱし、幻聴やったんやろか。そうとしか思われへん)

だが、またしても彼の鼓膜は、さっきと同じ女性の声を捉えた。

『そない怖がることはないやん。確かに、すっごい久し振りやけど』

さっきと違うのは、今回は、その声が夏神のすぐ右側からハッキリと聞こえてきたことだ。

「!」

夏神は引きつった顔で、ぎこちなく顔を右に向けた。

そこには確かに、「誰か」がいた。

誰もいないはずの畳の上に、夏神の真似をしているかのように胡座を掻いた、若い小柄な女性。

短めのマッシュボブに整えた髪と、ごく薄化粧のクールな顔立ち、そしてコットンシャツにジーンズという服装が、彼女にどこか少年めいた雰囲気を与えている。

　スッキリした目鼻立ちをクシャッとさせる独特の笑顔で、女性は夏神の顔を見て言った。

『こんばんは、留ちゃん。やっと会えたな』

　夏神の喉から、ぐうっと奇妙な声が出た。

　眼球がこぼれ落ちるほど大きく目を見開き、返事をしようと口をパクパクさせたものの、夏神の精悍な顔から、みるみるうちに血の気が失せていく。

「か……」

　どうにか一声絞り出したところで、夏神の両耳はキーンとつんざくような音に襲われ、視界が真っ暗になった。

『留ちゃん⁉』

　女性が、あまりにも懐かしい愛称で自分を呼ぶのをどこか遠くから聞こえるように感じつつ、夏神は自分の体がなすすべもなく畳の上に倒れ込むのを感じていた……。

二章　継続は力……?

古ぼけたスクーターのエンジンを切り、ヘルメットを外すと、春の風が頬にも髪にも心地よい。

海里はヘルメットを子犬のように抱えたまま、すぐ目の前にある桜を見上げた。

風が吹くたび、いわゆる桜吹雪と呼ぶにはやや足りない程度の花びらが散り、その控えめな風情がかえってとても美しい。

「少し標高が上がると、桜もまだまだ見頃だな。……あ、いないんだった」

思わず、家で留守番させているはずのロイドに話しかけてしまった自分自身に、海里は苦笑いする。

それと同時に、まるで誘われるように、彼の足はさっき曲がってきたばかりの、北へ向かう道路のほうへ向かう。

海里の今の目的地、小説家である淡海五朗邸のすぐ北側には、細い道路を挟んで芦屋神社がある。

そして、その芦屋神社の向かいにある小さな公園こそが、かつて、海里が深夜、植え込みの中からロイドに助けを求められた「遭遇現場」なのだった。植栽も定期的に手入れされているようだ。

いつもあまり人気のない公園だが、簡単な遊具があり、植栽も定期的に手入れされている。

ロイドが打ち棄てられていた茂みも、当時とさほど変わらぬ状態である。

「夏神さんに拾われて、ロイドに出会って、それからホントに色んなことがどんどん変わっていったな。淡海先生に出会ったのも、その一つだけど」

小声で呟き、海里は振り返って、改めて淡海邸を外から眺めた。

といっても、高い塀に囲まれているので、中の様子を外から窺うことは、ほとんどできない。

かつては淡海の伯父が暮らしていたという広大な庭を持つ家、もといお屋敷は、淡海の話を聞く限り、おそらく築五十年近く経っているのだろう。

塀の向こうに見えるクリーム色の壁面は、風雨にさらされてあちこちで変色し、コケのようなものが生えている箇所がある。

庭も、先日までは、生え放題の枯れ放題だった竹が、平安時代の絵巻物に出てくる廃屋のような侘しい雰囲気を醸し出していた。

しかし、しばらくの東京住まいを切り上げ、こちらに戻ってきた淡海が、あまりの惨状に驚いて自宅の手入れに着手したため、いつの間にか伐採されたようだ。

とはいえ、広い庭なので、いっぺんにすべてがピカピカになるというわけではないのだろう。塀越しに見える高い庭木は、相変わらず鬱蒼と茂り、まるで森を切り取って置いたように見える。

(家だって、ちょっと放っておいただけで荒れ放題になって、そんでまた、人が住みながら手を入れて、少しずつ綺麗になっていく。何だって、どんな風にでも、とにかく変わっていくんだな)

そんなことをぼんやり考えていると、淡海邸の前に一台のタクシーが停まった。

降りてきたのは、昨日、「ばんめし屋」の昼営業で共に奮闘した里中李英である。

去年の十一月に突然、心臓の病に倒れ、手術を受けた李英は、その後、予想外の肺炎を併発したりしつつも、それなりに順調な回復を見せている。

だが、まだ、淡海邸への急な上り坂を徒歩でクリアするのは難しく、JR芦屋駅前からタクシーで淡海邸に通ってくるしかない。

「昨日いただいたバイト代で懐が温かいので、今日は豊かな気持ちで乗ってこられました」

近づいてきた海里に気づき、軽く手を振って挨拶してから、李英はそんなことを言った。

「あはは、タクシー、便利だけどちょっとビビるよな」

「芦屋駅からだとワンメーターなんで、そんなに怯えることはないんですけど、むしろ運転手さんに行き先を言うときがいちばんドキドキしますね」

李英の実感のこもった言葉に、海里は「あー！」と、思わず同情の声を上げた。

「だよな。お前、パッと見は元気そうだし、年寄りでもないし、いい若い男が、何をワンメーター分だけタクシーに乗ろうとしてやがるって思われそうで……ってか、マジでそんな風に言われたこと、あんのか？」

李英は笑って首を横に振った。

「少なくとも、芦屋ではないですね。もしかしたら、近距離利用のお客さんが多いのかも。だけど、僕のほうが勝手に恐縮してしまって。だって、駅前でずーっと客待ちをして、やっと順番が回ってきたと思ったらワンメーターじゃ、運転手さん、さぞガッカリだろうなと」

「あー、わかるわかる。滅茶苦茶(めちゃくちゃ)わかる！」

「だからといって、余分にチップを渡すとか、お釣りは取っておいてくださいとか言うには、僕は若造すぎて逆に失礼かな、とか」

「気を回しすぎだよ。そういうとこ、お前らしいけど」

「そうでしょうか。とりあえず、お礼だけは気持ちを込めて言ってます」

「それでいいんじゃね？　昨日の『座って売るぞ』ってプレートじゃないけど、気になるようなら、『病み上がりなんで！』って正直に言えばいいんだよ。そういえば、この近くに病院もあるしさ。受診のためにタクシー使う人だって、きっとたくさんいるから」

海里がフォローを入れると、李英は少し安心した様子で頷(うなず)いた。

「そうします。今日の運転手さんは、とっても親切でしたよ。ここが淡海先生のお宅だってご存じで、僕のこと、東京から原稿を取りに来た編集者だと思ったみたいでした」

そのわかりやすい誤解に、海里は小さく噴き出した。

「標準語を喋ってるから東京から来たと思うって、ちょっと単純すぎだな。けど、もしかしたらマジで以前、そういう編集者を乗せてきたことがあんのかも」

「ああ、そうかも！　淡海先生、僕なんかにも気さくに接してくださるので忘れがちでしたけど、超がつく売れっ子作家さんですもんね」

「そうそう、俺も忘れがち。場所借りてるから言うわけじゃないけど、リスペクトを忘れないようにしようぜ」

「ですね」

そう言い合いながら、二人は裏門から淡海邸の敷地内に入った。

コンクリート舗装された細長い裏庭のすぐ右手側に、建物とは対照的な真新しい外階段がある。

金属製の階段をできるだけ静かに上り、二人は玄関を通らず、二階の一室に直接入った。

そこは、窓のない八畳ほどの洋室だった。

驚くほどに、何もない、ただの真四角に近い形状の部屋だ。

明るい色の無垢のフローリングと白い壁と天井、そしてスイッチを入れると煌々と点る照明のおかげで、窓がないことによる閉塞感がかなり薄らいでいる。

そこは、淡海が海里と李英のために用意した、レッスン室だった。

淡海の伯父が生前、書庫として使っていた部屋に、防音設備を導入してリフォームを行ったのは、淡海にとっては趣味と実益、そして贖罪を兼ねた行為であった。

二人の若い役者が、互いに切磋琢磨して演技のレッスンに励むところを、小説家として間近で見守りたい。時には、自分が実験的に書いた作品を、二人に朗読してもらいたい。

かつて「海里に芸能界復帰のチャンスをちらつかせ、どういう反応をするかが見てみたい、そしてそれを小説の題材にしたい」という、悪魔の誘惑に勝てなかった自分の弱さ、愚かさを深く反省し、悔やんでいる淡海としては、二人が切望している「遠慮なく大声を出せる空間」を提供することが、何よりの罪滅ぼしだったのである。

この部屋を見せられたときこそ驚いたものの、自分も調子に乗り、易きに流れて芝居への情熱を見失った末、足を掬われ、芸能界を追われた海里である。

言うなれば「やらかした」淡海の気持ちは、被害者でありながら、誰よりも共感を持って理解できる。

そこで彼は、遠慮せず、ありがたく、その部屋を活用させてもらうことにした。

そんなわけで、海里と李英は、ここにひとりで来ることもあるが、週に数回は必ず、互いのスケジュールが合うときを見つけて、二人で朗読イベントの練習をすることにしている。

二人にとって、ここは既に、大切な稽古場なのだ。挨拶は、昼過ぎてから、様子を窺ってしに行こうか」

「まだ十時過ぎだから、淡海先生、寝てっかな。挨拶は、昼過ぎてから、様子を窺ってしに行こうか」

「そうですね。いつも『黙って使ってくれていいんだよ』って仰いますけど、ご挨拶くらいはしたいですもんね」

李英の言葉に、海里はちょっと困り顔で肩を竦めた。

「俺たち、デビュー前から『挨拶が命』って言われてたもんな。二十四時間、誰に会っても、まずはとにかく元気よく『おはようございまーす！』って挨拶して、顔を覚えてもらえ、そうしたら降ってくる仕事もあるからって」

「はい。挨拶をしないと、なんだか落ち着かなくて」

眉尻を情けなく下げる李英に、海里は頷きつつもこう言った。

「けど、淡海先生の場合は、何時から何時まで執筆して、何時に寝るのか、その時々で違うから、見当もつかない。挨拶して起こしちゃったら、元も子もないし」

「そうなんですよね。先生が覗きにきてくださると、凄くホッとします」

「マジでそれだよ。家主に出向かせるとかホントは最悪なんだけど、それがここではベストなんだよな」

喋りながらも、二人はバッグを部屋の隅っこに置き、取り出した練習用のジャージに着替え、トレーニングシューズに履き替える。

「ほんじゃ、やりますか」

「よろしくお願いします！」

舞台役者らしくピンと背筋を伸ばし、病み上がりとは思えないほどシャンとした声を出した李英に、海里も負けじと「お願いします！」と挨拶を返して、二人は静寂の中で、入念なストレッチを始めた。

十分に身体がほぐれたら、次は顔面の筋肉を解すリップトリル、そして何種類かの発声練習と、本格的に稽古を始めるまでには、やらなくてはならない準備がそれなりにある。

傍目には実に面倒臭いが、故障を避け、安定した声を出すには、不可欠な支度なのである。

この発声練習ひとつを取っても、海里は李英から学ぶところが多い。

互いにデビュー作となったミュージカルの舞台稽古では、ほぼ毎日、肩を並べて発声練習をしたものだし、当時は海里のほうが、頭ひとつ抜きん出ていた……と、少なくとも海里は自認している。

だが今は、李英のほうが明らかに姿勢がよく、レッスンを再開した頃は弱々しかった声も、もはや「病み上がりとは？」と疑問を呈したくなるほどに力強い。

（やっぱり、体幹の強さなんだよな。あと腹筋）

隣で澄んだ声を出す李英を横目に、海里は自分の腹に片手をそっと当てた。

朝の情報番組で「お料理お兄さん」だった頃、海里は毎日、腹筋運動を欠かさなかった。ジムにも熱心に通っていた。

だがそれは、「甘いものをたくさん食べていても、腹筋がバキバキに割れていてスタイル抜群である」という夢のような意外性を演出するためで、発声のためではなかった。

安定した豊かな声を出すためには、肺活量を増やし、同時に吐く息の量、すなわち声量を自在にコントロールできるよう、腹筋群を鍛えなくてはならない。ただしそれは、シックスパックを作るための表層の筋肉ではなく、腹部をより深く凹ませるための、奥のほうにある筋肉の仕事だ。

そうした深い場所にある筋肉を鍛えるためには、通常の腹筋運動ではあまり効果がないのである。

李英は夏神のように筋骨隆々の身体つきとはほど遠く、やせっぽちで、腹も「ぺたんこ」と表現したいくらい肉付きが薄い。

だが、本気で息を吐くと、みぞおちが驚くほどクッキリとくぼんで、それを可能にする内なる筋肉の強さが、今の発声の安定感に繋がっているのだとありありと感じられる。

(俺も、ロングブレスやプランクで頑張ってはいるけど、やっぱり一朝一夕ではどうにもならねえな)

腐らずやるしかない、と海里は決意を新たにした。

もはやそれ自体が一仕事である発声練習が終わると、ようやく二人は朗読の稽古に入った。

今、朗読イベントは、倉持悠子が担当していたときよりチケット代を低く抑え、その分、時間も少し短めになっている。

悠子はひとりで一時間程度のステージを務めていたが、二人はそれぞれ二十分程度を担当し、悠子と同様に、淡海五朗の短編集から好みの作品を選んで朗読している。

砂山には、「二人一緒に掛け合いの朗読で四十分を使ってもいいんだよ」と言われているし、そういう形式の朗読の練習も始めてはいるが、今しばらくは、ひとりずつの形式をキープしようと、海里と李英は相談して決めた。

というのも、そうやって交代で朗読をすると、レッスンのときも本番も、互いの朗読を聞いて、駄目出しをすることができるからだ。

仲の良い先輩後輩といっても、こと演技については、仲間であるのと同じくらい、ライバルでもある。

厳しく容赦なく、足りないところ、改善すべきところを言い合っていると、相手の演技の問題点と一緒に、自分の芝居の長所短所もハッキリと感じられる。

二人にとって、ストレスフルではあるが、同時に実り多く、高揚感を伴う、結果としては楽しいひとときなのだ。

「じゃ、今日は僕から通しで。いいですか？」

海里が「おう」と同意すると、李英はレッスン室の真ん中あたりにパイプ椅子を置き、腰を下ろした。そして、やや斜め前に、本を置くためのシンプルなデザインのスタンドを立てる。

海里は、そこから少し離れた場所に自分の椅子を置いて腰掛ける。

「あ、そうだ。今日は小道具使ってみる？」

海里の問いかけに、李英は頷き、足元に置いたバッグからリンゴを取り出して示した。

「はい。っていっても、これだけ。手に持つとか、ちょっと持ち上げるとか、見る芝居とか、その程度にすると思います」

「だよな。俺も持って来たけど、あんまり派手に使うと、朗読がお留守になりそうでまだ怖い」

「そうなんですよね。でも、ちょっとビジュアルの刺激も入れていきたい気がするし」

二人は顔を見合わせ、頷き合った。

倉持悠子は、椅子に座ったまま、一歩も動かず、身一つで朗読を行う。

アクションといえば、たまに台本から顔を上げて客席を見回したり、ゆっくりページをめくったり、わざといったん台本を閉じてみせたり。その程度だ。

海里と李英も、現在はそれにならい、着席状態で、朗読に専念するようにしている。

しかし、「シェ・ストラトス」のマスター、砂山から「せっかくだから、君たちらしさも出してほしいな」という要望を出され、朗読の妨げにならない範囲でのステージ演出を模索中なのである。

　その選択肢の一つが、小道具だ。

　今、二人が朗読の題材にしている淡海の短編集は、それぞれの話にキーとなる物品が存在する。

　二人がそれぞれ選んだ物語に出てくるキーアイテムを、ただ手に持っているだけでも、小説世界のイメージを広げる助けになるに違いない。

　一時しのぎといえば一時しのぎだろうが、今の実力は、自分たちが誰よりもよく知っている。その上で、未熟な二人の朗読を聞くために敢（あ）えて来てくれる客を楽しませる術（すべ）があるなら、実行に躊躇（ためら）いがあってはむしろ失礼だろう。

　海里はそう考えているし、李英もおそらく同じ考えだ。

　だからこそ、季節外れのリンゴをわざわざ手に入れてきたに違いない。

「リンゴの扱いがうるさくないかどうかも見てください。いっそ持たないほうがマシとか、たとえば、スタンドの代わりにテーブルを置いて、リンゴはそこに、台本は手に持つっていうパターンもアリだと思うので」

　李英の言葉に、海里も同意した。

「そうだな。置くってのもありだ。でも、まずは手に持って、たまに場面に合わせて少し動かしてみるってのを試してみよう」

「じゃ、始めます」

「了解！」

海里は李英の分の台本を膝に置きはしたが、それを見ようとはせず、視線を李英にピタリと据えた。

数回、静かに深呼吸を繰り返した後、李英の口から穏やかな声が発せられた。

「以前、買った檸檬の香りを楽しんだ後、画本を積み上げ、その上にその檸檬を載せてそのままにして外に出る……といった小説を読んだ記憶がある。高校生の頃だっただろうか。いい大人が何をしているんだと、当時は呆れるばかりで、何のシンパシーも感じなかった。ところが今、私はそれに似た思いを、このたった一つの林檎に感じている」

そこでほんの数秒、朗読をやめて、李英はページをめくるのに使わない左手の上にずっと載せていたリンゴに、鼻を近づけた。

これから、物語の主人公が、スーパーで何となく思いついて購入したリンゴの清々しい香りについて語るくだりに差し掛かるので、そんなささやかな「芝居」を挟んだのである。

李英の朗読スタイルは、海里が思いつく言葉で表現するなら、端麗だ。

言葉ひとつひとつをきっちり大切に読み、調子は淡々としていて、声のボリュームや抑揚をドラマチックに変化させることはしない。

その代わり、短い間を作ったり、息づかいや語尾のちょっとした上げ下げで、キャラクターの感情を表現するのが彼は上手い。

そういう意味では、李英のほうが、倉持悠子のスタイルに近い朗読をする。

一方の海里は、悠子や李英に比べれば、演技力が一段も二段も落ちることは、重々自覚している。

だからこそ、言葉を大切に読むことは大前提として共通していても、海里は感情を素直に込めて読むことを恐れなくなった。

ドラマチックに読むのは、単純で底が浅くて格好悪い。

そう感じて恥じていたこともあったが、そんなトンネルは、もう抜けた。

今の実力で、観客を楽しませるためには、自分がベストな結果を出せるスタイルを選んでやるしかないのだ。

悠子や李英のような品格はなくても、店のイメージが許す範囲ではあるものの、自分らしくエンターテインメントを突き詰めていきたい。

今の海里は、当座の目標をそんな風に定めている。

「……彼女の部屋に、その林檎を置いて出る勇気が、私にはなかった。爆弾になり損ねた林檎は、まだ私のバッグの中に入ったままだ。夕暮れの河原の道を歩きながら、私はひんやりした林檎を手に取った。そして、いっそ爆発して、私を吹き飛ばしてくれ……そう願いながら、つややかな赤い林檎に、ガリリと歯を立てた……」

わざとらしくなく、ほんの少しだけゆっくり読んで余韻を残し、李英は静かに台本を閉じ、ずっと手の上にあったリンゴを膝の上に置いた。

海里は、メモ帳に書き留めたコメントを眺めながら、早速口を開く。

「うーん、最初のほうのさ、リンゴの匂いを嗅ぐ仕草は凄く効果的だと思った。あの間、けっこう感じがいいんだ。けど、その後はちょっと持て余し気味だったよな」

李英も、一口水を飲んで喉を潤してから、海里の意見に同意する。

「家で練習しているときも思ってたんですけど、やっぱりそうですよね。リンゴを恋人の家のテーブルに置く仕草とかは、むしろ邪魔かなって」

「邪魔ってぇか、置く仕草をしたあと、ほんとに置き場所があるわけじゃないから、また引き戻すだろ。その動きが余計っていうか、見てる人がわけわかんなくなるよな。何してんだ？　って」

「あー、そうか。そうですよね。どうしようかな」

眉をひそめ、考え込む李英に、海里はすぐに打開策を提案した。

「ちっちゃいスツールをさ、スタンドとは別に前に据えたらどうかな。低い、あんまり視線を遮らない程度のやつ。そんで、ホントにそこにリンゴを置いて、そのままにしとく。で、最後の最後に……」

「ひょいと取って、『ガリリと歯を立てた』って言いながら、口元に持ってくる？」

「そうそう！　で、照明を落とす」

海里の提案に、李英も、ようやく愁眉を開いた。

「なるほど。ささやかだし、朗読の邪魔にはならない程度ですけど、少しだけ演劇要素を入れられますね」

「うん。十五分程度の朗読だし、アイテムを使ったアクションは、三つくらいが限界かなって思う。それ以上やると、うるさいかも」

李英は真顔で頷き、台本とリンゴを持って立ち上がった。

「了解です。ありがとうございます。何かスッキリした。もう一度通したら、先週よりは少し自信を持って、また板の上に立てそうです。じゃ、先輩、どうぞ」

「おう。ほんじゃ、俺のほうも駄目出しよろしくお願いします！」

「こちらこそ、お願いします」

二人は立場を交代して、海里は自分が担当する物語のキーアイテムである懐中電灯を手に、さっきまで李英が座っていたパイプ椅子に座る。

一方李英は、水の入ったペットボトルと、やはり感想を書き留めておくためのメモ帳を手に、「客席」に腰掛けた。

海里は、一度力を入れて思いきり持ち上げた肩をストンと落とし、全身から気持ちよく力を抜くと、ここ数日、ずっとああでもないこうでもないと試行錯誤していた最初の文句を、腹に力を入れて発した。

「夜、飯を食っていたら、突然、灯り(あか)が消えた。テレビも消えた。エアコンの音も止まった。代わりにキッチンからは、料理中のはずの彼女の悲鳴が聞こえた。『停電だ！』と、俺は叫んだ。真っ暗な中で、『どうしよう』と、彼女は怯(おび)えた声で言った。『大丈夫、今、君が使っているのはＩＨクッキングヒーターだから、停電でスイッチは切れている。火事になる心配はないよ』と声を張り上げたら、だいぶ怒った調子で、『まず、火事より私の心配をして』と言われてしまった。やらかした……」

「僕、先輩の朗読、凄く好きですよ。スピード感とライブ感と、力尽くで引き込まれるみたいな力強さがあって」

海里が朗読を終えると、李英はそう前置きしてから、こう続けた。

「でも、ちょっと勢いがつきすぎてるときがあって、中盤、台本を読んでる僕でさえ、耳から入ってくる文章の理解が追いつかなくなりました。もう少しそこは落ち着いて読んだほうがいいかも。一緒にスピードに乗れるのは気持ちいいですけど、振り落とされたら醒めてしまうので」

普段は大人しく、飲食店で注文と違うものを出されても指摘できない性格の李英だが、こと芝居となると、実に辛辣なコメントをキビキビと発する。

ミュージカルをやっていた新人時代は決してそうではなかったので、これは舞台俳優として研鑽を積む内に身につけた強さなのだろう。

指摘の的確さと厳しさに感服しつつ、海里はガックリと肩を落とした。

「それ、自分の部屋で読んでるときに、ロイドにも言われたっけ。気をつけてるつもりだったんだけど、読んでると、自分の気持ちがまず先走っちゃうんだよな」

李英はそこでやっと、ずっと厳しかった表情を和らげた。

「わかります。先輩の朗読って、先輩自身が全身全霊で物語世界に入っているのがわかって、だからこそ、聞いてる僕らも一緒に連れていかれる感じがするんです。でも、テンポが乱れるのは、自分ではなかなか修正できないと思うので……そうだなあ。もしかしたら向き不向きがあるかもしれませんけど」

「なんかいい方法がある？」

「僕が先輩の役者さんから教わったのは、テンポが定まらないときは、まず、メトロノームで全部きっちり同じリズムで読む練習をしてから、演出を入れるといいって」

「メトロノームか！　その手があったな。忘れてた。やってみるかな。いや、メトロノームってどこで買えるんだろ。アマゾン？」

「アマゾンでも楽天でも楽器店でも買えると思いますよ」

「だよな。とりあえずすぐ欲しいから、帰りに楽器店……あったかな」

首を捻りつつ、海里はずっと手に持っていた小振りな懐中電灯を持ち上げた。

「あと、俺も小道具問題だよな。今はやらなかったけど、本番でさ、ちょっと考えてることがあって」

「何です？」

興味を示す李英に、海里は懐中電灯を縦にして、電球が入っているほうを自分の顎の下にあてがった。

「ちょっとだけ、笑いを取りに行こうかなって、思って」

李英は、柴犬を思わせるつぶらな目を瞠った。

「笑い、ですか？　まあ、わりと今回の先輩の担当は、軽妙な話ではありますけど」

「うん、だからさ。彼女に『懐中電灯を持って来て照らして』って言われた主人公が、彼女が照らしてほしかった手元じゃなく、こう……彼女の顔を」

説明しながら、海里は懐中電灯のスイッチを入れ、自分の顔を下から照らしてみせる。

無論、室内が明るいので、懐中電灯の光はさほど感じられないが、李英はすぐに海里の意図を察して、クスリと笑った。

「あはは、下から照らして、ちょっとホラーな顔に？」

「そうそう。舞台の上でさ、お前にちょっと協力してもらって、『懐中電灯を見つけた！　今行くよ……はい、お待たせ』って言った瞬間に、スポットライトを消してもらって、俺がそこですかさず、こう」

海里が演出したい光景がありありと目に浮かんだのか、李英はまだ笑いながら、やんわり釘を刺した。

「お手伝いは勿論します。お客さんも笑ってくれて、きっといいシーンになると思いますけど、やり過ぎはダメですよ。変顔はなしで」

「変顔NGかあ」

「そのくらいがいいと思います。新たに来てくれるようになった僕らのファンの方々は軽いノリにも慣れてますけど、ずっと通ってくださっている倉持先生のファンの皆さんは、あんまりドタバタし過ぎたものはお嫌でしょうし」

まだ「シェ・ストラトス」に通い始めて日が浅い李英なのに、店の雰囲気も、朗読イベントに求められる品格も、実に正確に把握している。

そのことに舌を巻きつつも、海里の胸に湧き上がるのは、前向きな嫉妬だ。

（李英はカンがいいし、芝居も上手いし、声もいい。病み上がり以外弱点がない奴と、欠点しかない俺が組んでるんだ。しかも、今週は、順番どおりなら俺が後攻。どうしたって見劣り、じゃねえ、聞き劣りするに決まってる。だったら、多少リスクを取っても、楽しませる演出をせめて一つくらいぶっ込まなきゃな）

そう思いながら、海里はきっぱりと言った。

「それでも、俺、今週はお客さんにひと笑いしてもらうって決めた。やり過ぎだったら、たぶんマスターが叱ってくれると思うから、思いきってチャレンジしてみる。変顔まではやらないけど、ちょっとコミカルにはやってみたい」

すると、反対するかと思われた李英は、案外スッと引き下がった。

「先輩が決めてるんなら、やってみてもいいんじゃないですか？」

「お。なんか、投げやり？」

「では、なくて！　先輩が、少しも迷ってないからです。そういうときの先輩は、きっと間違ってないから」

「お前のそういう信頼、昔っから重くて眩しいわ～」

海里がちょっと感動しかかったのを軽口でごまかし、生真面目な李英がそれに言い返そうとしたとき、レッスン室の扉がノックされた。

外から出入りできる扉ではなく、家の内側にある扉のほうだ。

「どうぞ！」

海里が返事をすると、顔を出したのは、寝起きなのが明らかな、細面を僅かに浮腫ませ、もじゃもじゃの髪のままの淡海五朗だった。パジャマではなく、普段着に着替えているのは、せめてもの二人への礼儀だろう。

「やあ、おはよう。朝から頑張ってたんだろ、お疲れさま」

「おはようございます！」

海里と李英は、立ち上がってペコリと頭を下げた。

淡海は「二十四時間三百六十五日、好きなときに勝手に出入りして」と言ってくれているが、二人とも、一応、レッスン室を使うときは、淡海に日時を報告するようにしている。

今朝もそうだったので、淡海は起床してすぐ、顔を出してくれたのだろう。

海里は、そんな淡海に声を掛けた。

「今、ひととおり通して、そろそろ昼休憩なんですけど、先生もご一緒に如何ですか？」

レッスン室に入って来た淡海は、自宅の一部なのに、物珍しそうに室内を見回しつつ、ワインボトルのような撫で肩を軽く竦めた。

「お昼ねえ。下でコーヒーでも淹れようか。ちょうど飲もうと思っていたところなんだ。僕は寝起きだから、特に食欲はないけど……」

「あっ、そうなんですか？　夏神さんが、先生の分も弁当を……」

海里がそう言うと、淡海の細い目がキラリと光った。

「マスターの弁当？　そりゃ話が別だよ。いただかないとバチが当たる。食欲はないけど、すぐ呼び寄せる」

そんな淡海の謎の決意に、海里と李英は顔を見合わせて笑い出す。

「じゃあ、キッチンお借りして、味噌汁作ってもいいですか？　インスタントの奴、持てきたんで」

「いいよいいよ、大歓迎。じゃあ、下で、庭の山桜でも眺めながら、一緒にお昼にしよう。先に行って、お湯を沸かしておこう」

そう言って、淡海はスタスタとレッスン室を出て行く。

彼の登場で、レッスン中、ずっと心に張り詰めていた緊張の糸が、スルリと緩んでいくのがわかる。

「そんじゃ、昼飯にしますか。弁当持っていくわ」

「お願いします。食べたら、次は小道具の扱いをちょっと変えて試してみましょうか」

「だな！　あとさあ、服装とかも……」

たとえ階下に移動するまでの短い時間でも、彼らにとっては、再開後の稽古をどうするか相談する貴重な機会だ。

熱心に話し込みながら、二人は灯りを消し、淡海の待つキッチンへと向かった……。

＊　　＊

一方、その頃。

夏神とロイドは、前夜の約束どおり、芦屋川の河川敷に座り、涼やかな川の流れと、もはや開花も終盤ではあるが、なお美しさを止める桜並木を眺めながら、夏神お手製の弁当を楽しんでいた。

周囲にも、同じように食事やお喋りを楽しむ人々がたくさんいて、河川敷は華やかな賑わいを見せている。

ロイドはそうした幸せそうな人々を見て、にこやかな笑顔で夏神に声を掛けた。

「たいへん美味しゅうございます。そして、本当によいお天気でございますねえ」

「……おう」

夏神はおにぎりを頬張りながら、短く答える。

「海里様と李英様、それに淡海先生も、今頃、同じお弁当をお楽しみでしょうか」

「……ん」

「我々ほどの素晴らしい環境ではないかもしれませんが、これほど美味しいお弁当です。どこで召し上がっても、きっとお喜びいただけているでしょうね」

「……そうやとええな」

　昨日に続き、今日も可愛らしいカニの形に整えられたソーセージを口に放り込み、ロイドは胸の中で「おやおや」と呟いた。

　どうも、今朝から夏神の様子がおかしい。

　朝はちゃんと起きて、昨夜の約束どおり、五人分の弁当を黙々と作っていたが、そのときから、夏神はやけに難しい顔をして寡黙だった。

　ロイドが訝ると、こちらも寝起きの悪い海里は、ボサボサの頭にむくんだ顔で大あくびをしながら、「誰だって、起き抜けはそうだって。お前くらいだよ、起きた瞬間からご機嫌なのは」と、さも当然といった口調で言った。

　なるほど、そういうものか……と一度は思ったロイドだが、やはり、夏神の様子はいつもと確実に違うようだ。

　朗読の稽古のため淡海邸へ出掛ける海里を見送った後、夏神は二階の茶の間で、何をするでもなく、ぽつんと胡座を掻いて何もない虚空を見ていた。

　誘えばこうして河川敷へ共に出掛け、一緒に桜を見ながら弁当を食べてはいるが、やはり、半分魂が抜けたような有様である。

　てっきり、昨日の疲れと感動のせいかと思っていたが、どうやらそういう感じでもない。

ロイドは意を決して、「夏神様」と呼びかけた。

「……んー？」

やはり、夏神にしては覇気がなさ過ぎる声が返ってきて、ロイドはうららかな春の日差しに、そして何より彼自身に似つかわしくない心配顔で、主の師匠にそっと切り出してみた。

「眼鏡ごときが差し出がましゅうございますが、他人に語るだけで軽くなる苦しみも、人にはあると伺っております」

「……お？」

「何か、お心に憂いがおありでしたら、このロイドにそっと打ち明けてみては如何でしょう。誓って他言は致しませんし、忘れろと仰せでしたら、そうするように努めますので」

すると夏神は、相変わらずどこかぼんやりした顔で、しばらくロイドの顔を見ていたが、やがて力なく首を振った。

「すまん。せっかくあれこれ話してくれとんのに、俺、ノリ悪かったな」

「いえ、そんなことはよろしいのです。寡黙なお花見もよきものと存じます。ただ、夏神様がそれを欲しておられるようには感じられませんでしたもので。美味しいお弁当ですのに、お箸も進んでおられませんし」

そんな指摘を受けて、夏神は、今日は手拭いで巻かず、髪ゴムで無造作なハーフアップにしている髪に手をやった。

「俺、気分を取り繕うんがヘタやからな。まるっとお見通しやわな」

「眼鏡だけに、よく見えておりますよ」

冗談とも本気ともつかない返事をして、ロイドはすかすように夏神の顔を見た。

「昨夜は、ただただ楽しくお喋りをするうち、夏神様がおやすみになってしまわれたので、海里様とそうっとお部屋に戻りました。あのときは、夏神様はたいそうご機嫌でしたのに、それから朝までのあいだに、何か……？」

すると夏神は、齧りかけで弁当箱に戻していたおにぎりをもう一口食べてから、どうにも歯切れの悪い口調で言った。

「何かあったような、なかったような。っちゅうか、なかったんやろうな。なかったのに、あったんやな」

「……結局、あったのかなかったのか、どちらでございます？」

「わからんから、ぼーっとしてしもてんねん、実際。けど、まあ、なかったんやろうと思う」

「申し訳ありません。この眼鏡の知能では、夏神様のお話がいささか理解し難く」

素直に困惑を口にするロイドに、夏神はホロリと切なげに笑った。

「大丈夫や、今のは眼鏡だけやのうて、人類にもわからん。俺も、ちょっと混乱しとってな。そやけど……うん、たぶん、複雑な夢を見たんやと思う」

ロイドは心配そうに、淡い茶色の瞳で夏神を見つめる。

「複雑な夢、とは？　悪い夢をご覧になったのですか？」

「それが、全然悪うないんや」

「おや」

夏神はちょっと躊躇ったあと、こう打ち明けた。

「昨夜な。夢ん中で、夢から覚めて……」

「それは確かに、複雑な夢でございますね」

「複雑なんは、こっからや」

夏神は苦笑いで話を続ける。

「夢ん中で夢から覚めて、香苗……死んだ彼女の幽霊に会った」

ロイドは驚いた様子で箸を置いた。

「おや！　それはそれは」

「死んだときの姿のまんまで、俺の顔見て、笑っとった。なんや、久し振りとか何とか言われて、俺は世界がグルグルしてしもて、ほんで……夢ん中で、気絶した」

いかにも気の毒そうに、ロイドは相づちを打つ。

「それは確かに、複雑怪奇でございます！　夢の中でお目覚めになり、さらに気絶とは、夏神様は器用でいらっしゃる」

「そやろ！」

何故か妙に得意げにそう言い放ち、夏神は指先で、うっすら無精ひげの生えた頬をポリポリと掻いた。

「目ぇ覚めたら夜明け前で、俺は畳の上に転がって寝とって、勿論、香苗の幽霊なんぞどこにもおらんかった。まあ、夢なんやから当たり前やな。けど、あんましリアルな夢やったから、起きてからもずーっと思い出してしもてな。そんで、色々上の空やった。せっかく花見に誘ってくれたのに、悪かったな」

真摯に謝って、夏神はロイドに頭を下げる。ロイドは慌ててかぶりを振った。

「おやめくださいませ。責めているのではありません。ですが、それは本当に夢だったのでございますか？　夏神様の亡き想い人が、魂になって会いにいらっしゃったのでは？」

ロイドはそう言ったが、夏神は投げやりな調子で否定した。

「ありえんやろ」

「何故でございます？」

「ずーっと音沙汰なしやったんやで。雪山で死に別れてから、何度、幽霊でもええから会いたい、謝らしてくれて願い続けてきたことか。そやけど……他の幽霊はナンボでも店に来よるのに、香苗は来んかった。誰よりも会いたい人やったのに、来てくれんかった」

「夏神様……」

「今さら、幽霊もないもんやろ。死んで幽霊になったんやったら、もっと早う来て、俺に恨み言のひとつも言うたはずや。今さら……今さら出てきよるはずがない。あれは、俺の都合のええ夢や。あいつの出てくる夢は、前にも見たことがある。あんときはただただ嬉しかったけど、今回は……なんやろ。あんまりにも、生きとったときのまんまで出てきよったから、ちょっと具合が違ってな。けど、夢は夢や」

やけに強い口調でそう断言する夏神に、ロイドは迷う素振りを見せつつ、結局はストレートに訊ねた。

「では、夢だとして。お目覚めになってずいぶん経つ今もまだ、さようにぼんやりなさるからには、やはり亡き想い人に夢の中でも再会できて、嬉しくお思いだったのでしょう。夢をご覧になって、ようございました……ね？」

夏神は、華やかな桜並木から目をそらし、せせらぎを眺めながら吐き捨てる様に言葉を返した。

「ようございましたかどうか。ずっと、幽霊でもええ、何でもええ、会いたい、会いたい、もっぺん会いたいって思い続けてきたのに、実際、夢ん中で香苗の幽霊が出てきたら、俺はたちまち気絶や。驚きだけやない。色んな感情が胸ん中で渦巻きすぎて、言葉がいっこも出てこんかって、そんで、心のブレーカーが落ちた」

夏神の無骨なたとえを読み解くならば、心の中に、許容できるより多い感情がいっぺんに溢れかえったため、安全装置が働いて、脳がシャットダウンされた……そういうことだろうか、と推測しながら、ロイドは問いを重ねてみた。

「ですが……それでもやはり、夢の中でお会いできたこと、嬉しくお思いでは？　ずっと、お望みになっていた再会が、叶ったのですから」

「そやなあ。嬉しい気持ちは、そら、きっと、あった」

夏神は、鈍い調子で、それでも一応、肯定の返事をする。ロイドは、ニッコリ笑って請け合った。

「きっと昨夜は、あまりに突然のことで混乱してしまわれただけでしょう。次に夢の中でお会いになれたときは、きっともっと落ち着いて、会話がおできになりますよ」

やけに前向きなロイドのフォローに、夏神はごつい顔を歪めるようにして苦笑いする。

「おいおい、夢の話やぞ。次はて、そない都合のええこと……」

「都合のよい話で、それこそよいではありませんか。夢の逢瀬と聞くだけで、胸が高鳴ります。実に美しい……」

「いや、そない結構なもんやないて。すまん、忘れてくれ。アホ過ぎる話や」

いい歳をした大人が、夢にショックを受けてこのザマなのがだんだん恥ずかしくなってきて、夏神は、ロイドの言葉を茶化して、この話を終えてしまおうとする。だが、ロイドは優しく、しかし真摯に言葉を継いだ。

「大丈夫、きっと、来てくださいますよ。生死にかかわらず、そして、人であろうと物であろうと、そのとき、その場所でなければ決して出会えない、出会えなかった、ということがございます。夏神様と海里様もそう、海里様とこのわたしも然り」

口を開こうとした夏神の唇に、舞い散る桜の花びらが、器用にぺたりとくっつく。

「お」

それを慎重に太い指で剥がし、再び風に乗せてやってから、夏神は長い溜め息をついた。それから、ようやくいつもの温かい笑顔に戻り、ロイドを見た。

「それは、ホンマやな。今、こうしてイガやお前と店をやれとんのも、奇跡みたいな出会いが重なったからや。香苗が今、夢に出てきてくれたんも、なんぞ理由のある、意味のあることとなんかもしれんな」

「そうですとも。夏神様と、亡き想い人との再びの逢瀬も、きっと今でなくてはならなかったのです。次に出てきて……いえ、夢に現れてくださったときには、まず、それをお考えになっては如何ですか。まさにこれが、正しい再会のときなのだと」

「そやな。……ずっと混乱しとったけど、やっぱし、もっぺん仕切り直さしてほしいな。もう、夢ん中で気絶なんて器用な真似はせんから」

「ええ、出てきてくださいますよ。夏神様の『心のブレーカーが落ちただけ』だとお知りになれば、きっと」

何故か、夏神ではなく、夏神の傍らをチラリと見て、ロイドはいささか秘密めかした笑みを浮かべる。

その謎めく視線に気づかず、夏神は真顔になって、「そやけど、こない不細工な話、イガには内緒やで？　秘密は守るて言うたよな？」と、ロイドに念を押した……。

三章　タイミング

その夜、午後十時過ぎ。

「お、開いてるじゃん。ただいま～」

そんな声と共に「ばんめし屋」の引き戸を開けたのは、海里だった。

午前九時過ぎ、朗読の稽古(けいこ)に行くと言って出ていったきりだった彼だが、ほんのり頬が上気していて、声もいつもより少し大きい。

厨房(ちゅうぼう)にいた夏神は、ニヤッとして海里に声を掛けた。

「おう、ご機嫌やな。飲んできたんか。ちゅうか、お前が帰って来るまで開けとこと思っとったんや。もう、鍵(かぎ)かけてしもてくれ」

「りょーかい。待っててくれたんだ？　サンキュ。李英と、『まさや』で焼き鳥食ってきたんだ。なんか、水曜のステージの相談が盛り上がっちゃって全然終わんなくてさ。並んでるお客さんもいたから、食い終わってすぐミスドに移動して、デザートにドーナツまでいっちゃったんだけど……酒、まだ抜けてないかな。顔、赤い？」

海里は夏神に言われたとおり引き戸を施錠し、軽いフットワークで厨房に入ってきた。

明日の定食に添える「胡瓜のパリパリ漬け」を作るべく、洗った胡瓜を太めの輪切りにする作業をしながら、夏神は答える。

「ほっぺただけ赤い。昭和の時代やったら、『おてもやん』て言われるやつや」

「誰それ」

「知らんか？　いや、俺もよう知らんけど、ほっぺたがえらい赤い女の人らしいで。酔っ払うと祖父がよう歌いよった」

夏神は、民謡の「おてもやん」を最初のワンフレーズだけ口ずさみ、それからふんふんと風を嗅ぐ鹿のような仕草をして、「レモンサワーやな」と言った。

海里はギョッとして一歩後ずさる。

「うっそ、マジで⁉　レモンサワーって、そんな長時間匂いを発する飲み物だっけ⁉　それとも、夏神さんの前世は犬？」

「アホ、ヤマ掛けただけや。お前、いっつも焼き鳥行ったらレモンサワー一辺倒やろが」

「なんだよ～！　ビックリしただろ！」

やはりいつもよりもテンション高く全身で驚きを表現しつつ、海里は夏神の手元を見た。

「あ、明日の仕込み？　胡瓜、山積みじゃん。俺も手伝うよ」

だが、夏神は、それをきっぱりと断った。

「要らん。今日はお前は休みの日や。仕事はしたらアカン」

「それ言うなら、夏神さんだって休みじゃん」

「俺は雇い主やからええねん」

「ええー、そういうもん？」

「そういうもんや。俺の師匠も、雇われ料理人が休みの日ぃにしてええ仕事は、食べ歩きだけやでて言うてはった」

「あはは、なるほど。仕事っつか勉強だね」

「せや」

それでもしばらく、夏神の包丁遣いを惚れ惚れと眺めていた海里は、思い出したように、ずっと提げていた袋を持ち上げた。

「そうだ。焼き鳥、持ち帰りパック買ってきたんだ。色々盛り合わせになってるやつ。寄り道したから冷めちゃったけど、どう？　何だったら、それ終わらせてから、昨夜の会議の続きでもする？　俺はもう酒は飲まないけどさ。仕事にならない程度のアイデア出し、くらいの内容で」

　しかし夏神は、ほろっと笑って答えた。

「いや、連日会議っちゅうんもくたびれるやろ。息切れせんように細く長く続けたいからな、『ひるめし屋』は。会議は、ちぃと日ぃ空けよ。俺も、毎日、脳みそ絞るんは、しんどいわ」

「そう？　だったら、ただの家飲みでもいいよ」

だが夏神は、きっぱりとかぶりを振った。

「俺はええ。焼き鳥は、部屋で待っとるロイドに食わしたれ。晩飯、俺と一緒に『ふうりん』でラーメン食うたけど、あいつやったらそのくらい入るやろ」

それを聞いて、海里は少し驚いた顔をした。

「ラーメン？『ふうりん』つったら確か、角煮と白菜が入ってるやつが旨いんだっけか」

「二人ともそれ食うた。卵も入っとったで。あと、餃子も分けた」

「あー！　羨ましい！　焼き鳥の後、ラーメンでもよかったな。なんでドーナツ食ったんだろ。旨かったけど。いや、それよかロイドのやつ、ラーメン大丈夫だった？　眼鏡には、ラーメンのスープ、熱すぎたんじゃね？」

夏神は包丁を置いて、両の手のひらで小さな器らしき形を作ってみせる。

「そやから、子供の取り分け用の茶碗もろて、冷ましもって食うとった」

初老の英国紳士が、可愛い子供用の茶碗に少しずつラーメンを取ってはうまうまと嬉しそうに啜っている光景を想像して、海里は盛大に噴き出した。

「注目の的だったろ、絶対」

「まあ、そこはご愛敬や。ほれ、はよ行け。風呂は、入るんやったら追い焚きして、軽う掃除も頼むで」

「かしこまり！　ほんじゃ、お先に。おやすみ。ロイドにラーメンありがとう」

最後のひと言は、ロイドのご主人様としての感謝の言葉である。

「そんなんはお安いご用や。俺も、誰かと一緒に飯食うんが好きやからな。おやすみ。水飲めや」

「はーい」

やはりトントンと機嫌よく階段を上っていく海里を見送り、夏神は作業を再開した。

一センチほどの輪切りにした胡瓜をボウルに入れ、塩を適当にまぶしつけて、しばらく置いておく。

その間に、鍋(なべ)に薄口醤油(しょうゆ)と米酢と砂糖、それにたっぷりの千切り生姜(しょうが)を合わせて煮立て、その中に、大きな両手で容赦なく水気を絞った胡瓜を投入し、すぐに火を止める。粗熱が取れたら胡瓜を取り出し、再び漬け汁を火にかけて沸騰させ、胡瓜を戻し入れる。

どういう理屈なのかは夏神にはわからないが、とにかく面倒くさがらずに、胡瓜を熱い漬け汁に浸して冷ます工程を二度繰り返すのが、この調理のキモだ。

熱が通ってしんなりすると思われそうな胡瓜が、最終的には不思議なくらいパリパリと心地よい歯触りに仕上がるのである。

家庭で簡単に作れるたぐいの漬け物だが、店の日替わり定食でも人気の一品で、よくお代わりもリクエストされるので、たっぷり仕込むことにしている。

のんびりと作業を続けながら、夏神は頭上の物音に耳を澄ました。

しばらくは、頭上の茶の間のあたりでバタバタと二人分の足音がしていたが、やがてしんと静かになった。

どうやら風呂は後回しにして、海里はロイドと部屋で焼き鳥をつまみながら、互いの今日の出来事でも話し合っているのだろう。

なんだかんだでお喋り好きな主従の姿が目に浮かぶようで、夏神は精悍な頬を緩める。

「あんまし夜更かしせんと、適当なとこで寝ぇよ。いつまでも、酒が翌日に残らんと思ったら大間違いやぞ」

届かない忠告をボソリと口にして、夏神はざっと手を洗って拭き、いつもの休憩用のスツールを引っ張り出した。

パリパリ漬けを冷蔵庫にしまい込むには、もう少し漬け汁が冷めてからのほうがいい
……とはいえ、もう今夜やっておく作業は残っていない。

海里たちが自室にいる以上、茶の間に自分が寝るための布団を敷いてもいっこうに構わないので、寝支度を済ませてから、就寝寸前に漬け物の容器を冷蔵庫に入れれば済むことだ。何も、厨房でダラダラと漬け汁が冷めるのを待つ必要はない。

それなのに夏神はわざわざスツールに腰掛け、調理台に置いてあった湯呑みを取って、中の水をちびりと飲んだ。

認めたくはないが、眠るのが少し、怖いのだ。

昼間、ロイドには物わかりのいい大人のふりをしてしまったが、亡き恋人、伊吹香苗

が昨夜のようにまた夢に現れたら、まともに話をする自信など微塵もない。

何しろ、大学の卒業旅行で雪山に出掛け、遭難して死に別れたきりだ。

以来、何度「夢でもいいからもう一度会いたい」と焦がれても、つい最近まで出てきてくれなかったし、やっと出てきたときも、彼女は喋らず、ただ自分の手を取って、元気にぶんぶんと振って笑ってくれただけだった。

おかしな表現かもしれないが、それはいかにも都合のいい、ただひたすらに幸せな、夢らしい夢で、だからこそ、夏神は素直に喜ぶことができた。

香苗が傍にいてくれるのではないかと感じて、ただただ嬉しかった。

しかし、昨夜の夢は、話が別だ。

あんな風に、昔と少しも変わらない調子で話しかけられてしまっては、調子が狂うどころの騒ぎではない。

二人の何げない思い出やら、付き合い始めから死別を経て今に至るまでの香苗に対する想いやらが堰を切ったように胸に溢れ、夏神は鳴門の渦潮に放り込まれたような心持ちで、夢の中だというのに、なすすべもなく気絶してしまった。

昼間、ロイドと話したおかげで、どうにか今は気持ちも一応落ち着いているが、香苗がまた夢に出てきたら、自分が今度はどんなリアクションをするか想像がつかないし、どうにかすることもできそうにない。

何しろ、いくらリアルでも夢は夢だ。夏神が起きているときにどう考えようと、夢の中で、そのとおりに振る舞えるとは限るまい。

夢の中であろうと、自分の無様な姿にはきっちりダメージを喰らう夏神なので、眠ることが軽い恐怖である。

「せっかく香苗が出てきて、ようやっと喋ってくれたのに、気絶て。なんぼ夢でも、もうちょっと何とかならんか、俺。ほんまに、どないやねん」

夏神は、がっくりと項垂れた。

そのとき。

『それはむしろ、私の台詞と違う？　どないやねん』

「なあ。……って、えっ？」

すぐ近くから聞こえたツッコミに、思わず流れるように反応してしまってから、夏神はギクリとして顔を上げた。

そこには昨夜と同じように、夏神の亡き恋人、伊吹香苗が立っていた。

生前、好んでよく着ていた、洗いざらしたコットンのワークシャツにカーゴパンツという、夏神にとっても、彼女を思い出すとき、自然と脳裏に浮かぶ服装だ。

少し長すぎるカーゴパンツの裾をいつも無造作に折り返していて、それがいかにも大らかな性格の彼女らしく、夏神は好きだった。

『おこんばんは～』

かつて、よくふざけて言っていた夜の挨拶を、当時とまったく同じに奇妙な抑揚をつけて歌うように言った香苗は、スツールに座ったまま金縛りに遭ったように動けない夏神の真ん前に立ち、彼の引きつった顔を覗き込むようにした。

『何やの、ほんまに。せっかく会いに来たのに、昨夜はいきなり気絶て。私の顔、そないに怖い？』

「……怖いの怖くないのて」

『そやから、怖いの？　怖くないの？』

夏神は、ギギギ……と音がしそうにぎこちない動きで右手を持ち上げ、人差し指で自分をさした。

「怖い。滅茶苦茶怖い」

『失礼やな！』

「いや、お前のこっちゃない。俺や。俺、ついに起きたまま夢見とるんか。俺の頭、どないなってしもたんや」

ごつい顔を真っ青にして狼狽える夏神に、香苗は呆れ顔で告げた。

『まずはそこから？　あんな、留ちゃん。昨夜も今も、夢やないよ。留ちゃん、ぱっちりお目覚めやで』

「起きとる……？　俺、今、起きとるんか？」

掠れた声でどうにかそう言い、夏神はゴシゴシと自分の目を擦る。

『寝てるようには思えんやろ。ほっぺた、引っぱたいたげよか？　ああ、アカンか。私、もう幽霊さんやから、身体がないんやもんな。留ちゃんにビンタもハグも何もできへん』

ちょっと寂しげにそう言い、大袈裟に泣く真似をしてみせる香苗に、夏神は呆然としたまま問いかけた。

「ほな、俺は今起きとって、これは夢やのうて現実で、お前はホンマに幽霊で、それでもここにおるんか？」

『大正解』

香苗は、唇を横に引っ張るような独特の人懐っこい笑みを浮かべ、少し心配そうに夏神を見た。

『留ちゃん、滅茶苦茶顔色悪いで。むしろ留ちゃんが幽霊みたい。大丈夫？　今日は話せる？　昨夜みたいに、ぶっ倒れたりせんといてや。あれは傷ついたわ～』

夢の中で……いや、夏神は夢だと思っていた昨夜の出会いと同様、香苗は生前と少しも変わらぬ姿で夏神の前にいる。

ただ、それが本物の肉体でないことは、ひと目でわかった。

ガスを濃縮して形作ったような儚さと不安定さが彼女の姿にはあって、全身の輪郭が、空気と溶け合っているように不明瞭な感じがする。

それは、これまでに「ばんめし屋」で出会った幽霊たちの姿ととても似通っていた。

（幽霊……なんやな。そらそうや。こいつは、とっくに死んどるんやから）

「俺、霊感ないほうやと思うねんけど」

香苗があまりにも「いるのが当たり前」のように振る舞うので、夏神も思わず、昨日別れたばかりのような口調で疑問を呈してしまう。

『知ってる。昔から、留ちゃん、仲間内で旅行して、みんなが幽霊見て怖くて眠られへんようになった宿でも、ひとりだけイビキかいて寝てたもんな』

「お……おう。そんなことも、あった気ぃすんな」

夏神が同意すると、香苗は両腕で、できもしない力こぶを二の腕に作る仕草をしてみせた。

『そやから今、めっちゃ頑張って出てきてる！　油断すると、ちょっとばらけて、自分でも引くくらい薄うなってしまうねん。そしたら、留ちゃん、見えへんようになるん違うかな』

「薄うなるて」

『そこは幽霊やからな。生身とちょっと違うねんな、たぶん。自分でもまだようわからんけど、留ちゃんに会いたいから頑張っとるんよ』

香苗の、肘(ひじ)までまくり上げたマニッシュなシャツから伸びる腕が、かつて自分の腕に伸びやかに絡んできたことを思い出して、夏神は軽い眩暈(めまい)を覚える。

どれほど焦がれても、もう二度と会えない。話せない。

そう思っていたのに。

夏神は、またもやぐらりと傾ぎそうになる頭を、危ういところで片手で支えた。

『ホンマに大丈夫？』

香苗は心配そうに手を差し伸べたが、やはり触れたはずの指先を感じることは、夏神にはできなかった。

あの雪山で、絶対に助けを呼んでくると伝え、弱々しく差し出されたその手を振りきって飛び出した自分を思いだし、夏神はみぞおちに重い石が詰まったような心持ちになる。

「すまん」

それでも香苗と今度こそちゃんと話したくて、夏神は右手をこめかみに当てたまま、どうにか声を振り絞った。

「すまん！　夢でも悪いことしてしもたと思うとったのに、現実で、自分の彼女の顔見て気絶してしもたんやな、俺。そら、なんぼなんでもアカンかった」

『ホンマよ。それが久々に会った彼女に対する仕打ちか～！』

いかにも女子大生然としたみずみずしい笑顔で夏神の頭をポカリと叩くふりをして、香苗はむしろ嬉しそうにこう続けた。

『ふふ、留ちゃんは、相変わらずここ一番で弱っちいなあ。昼間、日本語ペラペラの英国紳士っぽいおじさんと喋ってるん聞いたから、わかっとるよ。昨夜はビックリさせすぎたんやな。私の登場、唐突すぎた？』

「唐突過ぎやろ！　っちゅうか、それはロイドのことやな。英国紳士っぽいやのうて、ほんまに英国紳士やで……って、もしかして、あのとき、あいつにはお前が見えとったんか。ちゅうか、お前、あんとき、俺と一緒におったんか？」

『おったよ。あの人は、霊感バリバリやねんな。私に気づいたみたいやった』

香苗は、うっすら透き通った手で、夏神の分厚い胸を指す。

『こうして出てきてへんときは、そこにお邪魔しとるよ。今、他に縁を結べるとこが、この辺にはないから』

夏神の手が、無意識に頭から胸元に下りる。自分の鼓動を手のひらで感じながら、彼は信じられないという様子で言った。

「俺ん中に？　いつから？　もしかして、あの遭難事故からずっとか？」

だが、それに対する香苗の返事は、実にあっさりしたものだった。

『まさか』

「いや、まさかてお前」

『もし、ずっと一緒におったんやったら、もっと早く出てくるわ』

「そらそやな！　俺かて、ずーっとお前に会いたい会いたいて思うてきたんやで」

『ありがとう。それがわかったから、こうしとるんよ』

そう言って、香苗はしみじみと夏神の顔を見た。夏神も、これが夢でないと知って、むしろ少し落ち着きを取り戻した様子で、ようやく香苗の顔をまともに見返した。

「ほな、いつから？」

『こないだ、留ちゃんがお墓に来てくれたときから。なあ、留ちゃん。なんで、長いこと、私のお墓に会いに来てくれへんかったん？』

　そう問われて、夏神は広い肩をそびやかした。

「去年、お前のご両親が、弁護士さんを通じて、お前の墓の場所を教えてくれはったんや。それで、やっとこさ行けるようになった。勿論、ご両親も俺を許してくれはったわけやないけど、それでも……」

　夏神が「滅茶苦茶ありがたかった」と言うより先に、香苗は憤慨した様子で口を挟んだ。

『は？　許すも許さんもないって。雪山に行って遭難して死んだんは、私の自己責任やん？　留ちゃんには、何の責任もあらへんよ。なんで、うちの親が留ちゃんを責める流れなん？』

　むしろ憤りを向けられて、夏神は面食らい、しばらく硬直していた。しかし、彼はやがて、「ああ、そうか」と短い溜め息をついた。

「お前、山で死んでしもたから、その後のことは知らんわな」

『知らん。留ちゃんが生きとったことも、お墓に来てくれるまで知らんかったもん。あんまり来てくれへんから、留ちゃんもあのまま雪ん中で死んでしもたんかな……って、ちょっとは思ったりしたんよ』

「すまん」

夏神は短く詫びて、できるだけ簡潔に、雪山で遭難中、仲間たちから離れ、救助を求めに向かったあとのことを語った。

吹雪で方向感覚を失いながらも、どうにか山小屋に辿り着いたこと。

悪天候で救助隊がなかなか出発できず、ようやく発見されたときには、香苗を含む仲間たちは、全員既に死亡していたこと。

凍傷を負い、仲間の死を知らされて精神が不安定になっていた夏神は、記者会見の席で、「自分は仲間を見捨ててひとりで逃げた」と口走ってしまったこと……。

じっと耳を傾けていた香苗は、最後のくだりで、『ハァ?』と、心底呆れ返ったという声を上げ、眦を吊り上げた。

『何でそんなしょーもない嘘ついたん!』

「心が滅茶苦茶な状態やったからな。勝手に口から、言葉が出てしもたんや。けど、あとから思えば、俺は自分を罰したかったんやと思う。みんなを死なして、自分ひとり、生き残ってしもて申し訳ない。みんなを助けるためにしたことやけど、結果として、俺ひとり安全な場所へ逃げ込んだ。そう感じたんや」

『アホやなあ。それでうちの親、留ちゃんに腹を立ててたんやね。けど、お墓の場所を教えたってことは、ちゃんとわかったんよ。留ちゃんは、そんな人やないって』

「む……」

口ごもる夏神に、香苗はしんみりとした笑みを見せた。

『なんやそういうとこ、留ちゃんらしいわ。そっか。そういうことやったんやね。ひとりで生き残るって、大変なことやったんやろな。死んでしもた私らのほうが、むしろ楽やったかもしれへん』

呟くようにそう言って、香苗は残念そうに自分の両手を見下ろした。

『身体があったら、今すぐ留ちゃんのこと、全力で抱き締めるのに』

ずっと、ひとりで死なせてしまったことを悔いていた恋人が、生前と同じように、てらいのない、飾らない言葉で労ってくれる。

そんな思いもよらなかった現実が、そして香苗が口にする一言一言が、夏神の心のひび割れに、雨のように優しく沁み込んでいく。

「俺は、ご両親だけやのうて、誰よりもお前に許してもらわれへんやろうと、ずっと思うとった。必ず助けを呼んでくるて言うたのに、結局、お前をひとりで死なしてしもた。そないなことになるんやったら、最後の瞬間まで一緒におったらよかった、せめて寂しゅうないようにしてやったらよかったて、何度も」

『アホやな！』

夏神の後悔を、香苗は一刀両断し、にかっと笑った。

『正直、死ぬ寸前のあたりは、もう頭がボヤボヤになってしもて何も考えられへんかった。けど、それまではずっと思うてたよ。助けを呼ぶとかはもう考えんでええから、とにかく留ちゃんが無事に山小屋に辿り着きますように。留ちゃんだけでも助かりますようにって』

「香苗……」

振り絞るような声で夏神に名を呼ばれ、香苗は小さく頷いた。

『ホンマよ。ぼーっとして眠くて眠くて、そのまんま寝落ちみたいに死んでしもたから、寂しいとか全然なかった』

「ホンマか？」

『ほんとほんと。気ぃついたら身体がなくなってて、なんかマンガの人魂みたいに、魂だけになって、ふわんふわん浮いて、子供の頃からお参りに来てたお墓におったんよ。ビックリしたわ。えぇー、こんなとこ入れられたん！　そうか、私死んだんやなって、そんときやっと理解したくらいやもん』

「そんな感じなんか⁉」

さすがに驚く夏神に、香苗はあっけらかんと笑って頷いた。

『そんな感じやった。嫌やな、家帰りたいなって思ったけど、繋がれた犬みたいに、お墓からそんなに離れられへんかってな。混乱したわ〜。待って、死んだ人って成仏するん違うん？　って焦ったけど、成仏のやり方なんか知らんやん？』

「……そら、そやな」

『誰かに訊くにも、他に同じ状態の死人はおらんみたいやった。墓地、広いのになあ。そやから、ふて腐れて寝ててん』

死んでもなお、あまりにも香苗らしいマイペースな発言に、夏神はひたすら驚くばかりで、そのせいで、少しだけ平常心を取り戻すことができた。

「ふて腐れて寝てたて、お前」

『他にできることもあれへんし。けどな、そうしてるうちに、わかってん。私が成仏できへんのは、たぶん、留ちゃんのことが気になってるからやって』

「俺？」

『だって私、留ちゃんがあれからどうなったんか、知らんかったんやもん。お墓には色んな人が来てくれて、みんな、私がおることには気ぃつかんまま、私に話しかけてくれたり、泣いてくれたり、お花を飾ってくれたり。そのたび嬉しかったけど、留ちゃんだけは来てくれへんかったから』

「そうか……。お前、俺がどないなったか知らんまま死んでしもたんやもんな」

香苗は両手を目の下に当て、また泣き真似をして笑った。

『留ちゃんも、山で死んでしもたんかな、とも思うたんよ。けど、そうやないと思いたかった。生きてるって信じたかった。それやったら、せめてお別れくらい、したいやん。彼氏の顔も見んまま成仏なんて嫌やろ。だから……ふて寝でずっと待ってたんやわ』

「俺がお墓の場所を教えてもらえるまで、ずっとか。ずっと、あんな墓しかない寂しい場所で、俺を待っとってくれたんか」

香苗は両手を顔から離し、微笑んで頷く。

『まあ、墓地やからお墓しかないんはしゃーないわ。あと、ずっと三角座りで待ってたわけやないよ。何もないときは、こんな風に元の姿になったりせんと、ガスみたいな状態のままで、うとうとしてる感じ？　上手いこと説明出来んけど』

「省エネモードみたいなもんか」

『それや！　そんな感じ。そしたら、ある日突然、めっちゃガタイのええスーツのおじさんが来た、誰やろ、ヤクザに知り合いはおらんはずやけど……って、よう見たら留ちゃんやん。ビックリしたわ。老けとって』

真剣に聞いていた夏神は、思わずガクッと肩を落とす。

「お前なあ。そらそうやろ。もうすぐアラフォーて言われる歳やぞ、俺」

『そうなんやなあ。実感がなくて。私は変わらん？』

「少しも変わらん。あの頃のままや」

そうか、と笑ってから、香苗は寂しそうに呟いた。

『留ちゃん、幽霊の私がおることには気づかんと、それでも、墓石を撫でて、やっと来れた言うて、泣いてくれたやろ。事情はわからんけど、気持ちは十分過ぎるくらい伝わったわ。嬉しかった』

そうやったんか、と胸を打たれた様子で聞いていた夏神の顔が、突然真っ赤に染まる。

彼は、両手の指をアワアワと動かしながら、狼狽えた顔で香苗を見た。

「待て。ほな、お前、まさか。俺がお前の墓でペラペラ喋ったあれやこれや、全部聞いとったんかい！」

香苗は、軽く調理台にもたれて立ち、腕組みしてみせた。

『当たり前やないの。だって留ちゃん、私に向かって話しかけてたんやろ？　こんな形ではあるけど、お前に会いに来れて、また会えて嬉しいわ、とか言うてくれたやん』

「そ、それはそやけど。そやけど、いや、けど、あの」

『一生、お前を想い続けるやら、お前が誇りに思える俺になってみせるやら、他にも色々……』

「ああああああ」

夏神は羞恥に耐えかねて、思わず両手で頭を抱える。香苗はそれを見て、クスクス笑った。

『自分で言うといて、なんで照れるん。確かに、生きとった頃に言われた覚えがないくらい熱烈な言葉ばっかしやったけど、嬉しかったよ？』

「いや……ちょ、勘弁してくれ。あれは、こう、お前に向けた言葉やっちゅうんは確かなんやけど、聞かれてへん前提っちゅうか、勝手な一人語りっちゅうか、まさか墓ん中で聞かれとったとは」

『バッチリ聞いてました！　ホンマに嬉しい言葉ばっかりもろたわ。十分過ぎるくらい』

「香苗……」

しんみりした声で感謝され、夏神はハッとして、頭から両手を下ろした。

「まさか、お前」

香苗は、ゆっくりと頷く。

『そらそうよ。死んでるんやもん。いつまでもこの世にはおられへんでしょ。留ちゃんが気になって気になってこの世に留まっとったけど、もう、元気にしてるてわかったし、長いこと来られへんかった理由もわかった。嬉しい言葉も毎月、山ほどもろた。自分でもわかるんよ。そろそろ行かんなんなって』

「そやけど！」

せっかくこうしてまた会えたんやないか、という言葉を、夏神はグッと呑み込んだ。

これまで夏神は、何人もの幽霊たちが、誰か、または何かへの執着を断ち切ったり、思い残したことをやり遂げたりして、安らかに消えていく瞬間に立ち会ってきた。

あの不思議な寂しさと穏やかさ、そして確かな幸福感に満ちた一瞬を知る彼には、香苗を強引に引き留めることには躊躇いがある。

だが一方で、香苗ともっと一緒にいたいというどうしようもない欲もあって、正直な彼には、それを隠すことができそうにない。

『ホンマはな、もう満足やから、留ちゃんに何も言わんと、黙って消えようかなって思ってたんよ。けど、先月来てくれたとき、消える前に、今の留ちゃんがどんな風に生きてるんか、見てみたいって思うたん。そしたら、これまでお墓から離れられへんかったのに、スルッと解放されたん。ほんで、留ちゃんの中に、スポッて』

「……そない簡単に、俺ん中に潜り込めたんか⁉」

『うん。私もビックリした。私に潜られても全然気づかん留ちゃんにもビックリしたけど』

夏神は、信じられないというように、自分の胸元を覗（のぞ）き込む。

「全然気づかんかった……。ちゅうか、あの墓参の日ぃからずっと⁉　ずっと、俺ん中におったんか？」

『言うても、十日かそれくらい？』

「なんですぐに出てこおへんかったんや？」

訝（いぶか）しむ夏神に、香苗は少し非難がましい口調で説明する。

『そうは言うけど、こういう、留ちゃんに見えるような姿になるには、けっこう根性とコツがいるねんで！　すぐにはできんかったんよ。わかるように説明するなら……そやな、ずーっとスクワットしてる感じ？』

高校時代は陸上部員だった香苗の絶妙なたとえに、夏神は思わず呻（うめ）く。

「そら、大変や。あ、そや、座るか？　座っても、大して変わらんのか？」

『変わらん変わらん。この姿、言うたら幻みたいなもんやから。重さはないねん。これができるようになるまで、だいぶ練習してたんよ。留ちゃんが寝てる間に、身体から抜け出して、うんうん唸（うな）りながら頑張って、やっとこれや！』

立ち上がろうとした夏神を制止して、香苗はちょっと得意げに胸を張る。

　夏神は、思わず拍手で香苗の快挙を讃えながらも、心配そうに問いかけた。

「そやけど、ずっとスクワットやったら、今、えらいしんどいやろ。大丈夫か？　力尽きて突然消えたりせえへんか？」

『そうならんように、もうちょっとしたら、留ちゃんの中に戻る。近いうちに消える言うても、いきなりは嫌やもん。ちゃんと、お別れしたい』

「お別れなんて、今は言うなや」

　夏神は、思わず吐き捨てた。

「こうして会えるだけで奇跡やっちゅうんはわかる。お前がその奇跡を起こしてくれとることも、理解した。そやけど、まだ俺がアカン。心の準備ができてへん。再会できたばっかしやぞ。無理やろ、別れるとか」

　我ながら情けないと思いつつも、夏神は、最後のほうは声が震えるのを我慢しきれなかった。香苗は、眉尻を下げて、ちょっと困ったように微笑み、夏神の頭を撫でるような仕草をした。

『すぐ別れることになるんやったら、会わんほうがよかった？　私、黙って消えたほうが……』

「アホか。俺が今、どんだけ嬉しいか。ただ、お前が再会と別れを一緒くたに持ってきたから、嬉しいのと同じだけ、怖いんや。悲しいんや。それだけのこっちゃ」

『それもそっか。ゴメンね、留ちゃん。かえってつらい思いをさせてしもたね』

「何言うてんねん。お前は、俺をずーっと心配してくれとったんやないか。その月日の長さ分を、俺はいっぺんに喰らっとるだけや。つらいだけ、ありがたいし、嬉しい。色々胸ん中にあっても、お前とこうやって話せるんが、たまらなく嬉しいんや」

『そっか』

夏神の飾らない言葉に、香苗は愁眉を開き、また明るい笑顔を見せた。

『ほな、今夜は特別や。もうちょっとだけスクワット続行して、お喋りしよ』

「……大丈夫なんか？」

『ほんまに久し振りに留ちゃんと喋れて、私もテンション上がってんねん。無理はせえへんから。留ちゃんにくっついてここに来てから、このお店のこと見てたけど、めっちゃええ感じやん。あの英国紳士っぽいおじさんと、異様にかっこいいお兄ちゃんのこと、聞かせて。どうやって知り合ったん？　求人雑誌？　何したら、あんな人らが来るん？』

香苗の軽口に、心配そうだった夏神の頬も、ようやく緩み始める。

「違う。イガと知り合ったんは……そうやな、深夜の路上や。あいつ、取り囲まれてボコボコにされとったんや」

『ええー？　何それ、ドラマ？』

「ドラマより凄いで。そこに、俺が颯爽と登場してな……」

まるで、自分も二十代に戻ったような弾んだ声で、夏神は海里やロイドとの出会いのときを語り始めた……。

「ふふ」

串に刺したままのつくねを器用にひとつ歯で抜き取って頬張ったロイドが、含み笑いを漏らす。

それを見て、海里は呆れ顔で言った。

「笑っちゃうほど旨い？　まあ、冷めても、あそこの焼き鳥は旨いとは思うけど。今夜のうちに食うなら、ヘタに温めるよりそのままのほうがいいと思うんだよな」

「たいへん美味しゅうございますよ。今の笑いは、心にこみ上げた微笑ましさが、つい零れてしまったのです」

やけに嬉しそうにそんなことを言うロイドを、海里は訝しそうに、いや、むしろ少し不気味そうに見た。

「心にこみ上げた微笑ましさって何？　焼き鳥って微笑ましい食い物だっけ？　眼鏡のセンス、謎過ぎるぞ」

「焼き鳥ではなく……いえ、焼き鳥ということにしておきましょうか」

「は？　何だよ、思わせぶりに。ご主人様に隠し事かぁ？」

海里は訝しげに眉根をギュッと寄せる。だが、ロイドは澄ました顔で言い返した。

「勿論、この眼鏡にも、主に隠し事をする権利はあると存じます。それがささやかである限り、許されるべきかと」

「それは、そうだけどさぁ。まあ、いっか」

「ええ、スルー力が人間には大切であると、伺っておりますよ」

「いつも思うけど、どこからゲットするんだよ、そういう余計な知識」

やや不満そうに口を尖らせる海里に食えない笑みを返しつつ、ロイドはうっすら感じる階下の和やかな気配に、ホッと胸を撫で下ろした。

あまりにもリアルな人間の姿と、あまりにも人間くさい言動のおかげで忘れがちだが、ロイドの本体は眼鏡であり、彼は付喪神……つまり年を経た器物が変じて生まれた、妖怪の一種のようなものだ。

それだけに、霊感がそれなりにある海里ですら気づかない微かな香苗の気配を、ロイドは二階からでも感じとることができる。

だが、夏神が香苗の幽霊のことを海里には打ち明けていないので、自分からそれについて話すわけにはいかず、こうしてしらばっくれるしかないのである。

「そうだ、夏神さん、そろそろ胡瓜の仕込み終わったかな。飲み、もっぺん誘ってみようか。酒抜きなら、明日に響くこともないしさ。会議じゃなくて、ただ一緒にダラダラするならいいだろ」

そう言って腰を浮かせかけた海里を、ロイドは慌てて引き留めた。

せっかく夏神と香苗が語らいの時を持てているのに、そこに海里を乱入させるわけにはいかない。

「いえ、今宵は是非とも、海里様と『サシ飲み』を所望したく！」

思わず口から飛び出したそんな言葉に、ロイド自身が驚き、また、海里も目を丸くした。

「お前、マジで『サシ飲み』なんて言葉、いつどこで覚えたんだ？　つか、何か悩みでもあんのか？　夏神さんに言えない、俺だけに言いたいこと、みたいな？」

心配そうに訊ねてくれる海里に、「特に何もありません」とはとても言えない。

「ああ……そうでございますね。悩み……悩み、あったように思います。ええと、ただいま思い出しますので、ちとお待ちを」

「えええ？　今から思い出すのかよ。いや、別にいいけど。俺が眠くなる前に思い出してくれりゃいいよ」

怪訝そうにしながらも、海里は酔い醒ましのスポーツドリンクを旨そうにごくごくと飲む。

「では、お言葉に甘えまして……」

とにこやかに応じたロイドは、何か悩みはなかっただろうかと、一心不乱に考え始めたのだった。

＊　　＊

その三日後、午後七時前。

海里の姿は、芦屋川沿いのカフェ兼バー、「シェ・ストラトス」の舞台袖にあった。

舞台袖といっても、そもそもが決して大きくはない店なので、舞台自体もごく小さい。

海里がいるのは、正直なところ、舞台から控え室に向かうごく短い通路を隠すために取り付けられたカーテンの陰、と言ったほうが正確だろう。

だが、少なくともえんじ色のそのカーテンの後ろにいれば、客席から見えてしまうことはない。

今、舞台では、毎週水曜日恒例の「朗読イベント」の真っ最中である。

今週のイベントの構成を李英と幾度も話し合い、やはり「笑いや共感を得やすいストーリーから、静かな余韻が後を引くストーリーへの流れがいいだろう」ということになり、今日の先攻は海里へ変更となった。

海里が舞台で朗読をしている間は、今、海里がいる場所に李英が潜み、壁面のスイッチを操作して、スポットライトの光量やオンオフを上手に調整してくれていた。

おかげで、「突然の停電中、キッチンで料理をしていた恋人の女性に、『ちょっと照らして』と言われた主人公が、彼女が欲していた手元ではなく、懐中電灯で顔面を下から照らす」というコミカルなシーンもバッチリ決まり、客席がどっと沸いた。

これまで、朗読イベントで小道具を使ったり、演劇的な要素を取り入れたりすることはなかったので、心配して客席の後方から様子を見守っていた店の主、砂山悟も、愉快そうに手を打って笑っているのが舞台から見えた。

　それで少し安心したおかげで、いつもよりずっとリラックスして朗読することができ、海里としては、今日の朗読は現時点の実力をフルに出せ、自分で言うのは面映ゆいが、会心の出来だったと感じている。

　客席からもらった拍手も、いつもより大きかった。

　そして今、ステージには、李英がいる。

　出番を交代するとき、彼は海里に、「素晴らしかったです」と囁いてくれた。

　それはいかにも、生真面目で誠実な李英らしい、ストレートな賛辞だ。

　しかし同時に、そのつぶらな瞳には、「負けられない」という闘志が燃えていると、海里には感じられた。

（やっと、ここまで戻ってこられた）

　そんな喜びが、今の海里の胸にはある。

　無論、海里がフラフラしていた間も、地道に舞台を踏み、演技力を鍛え続けてきた李英との実力差はまだまだ大きい。

　その差を、一生掛かっても埋められるかどうか、海里には自信がない。

　だが、それでも。

　たとえ一瞬であろうと、その李英が、海里をライバル視してくれた。

　一度は諦めた芝居に再び向き合い始めてから、李英がそんな感情を海里に向けてくれたのは、初めてのことだ。

(たとえボロ負けするとしても、李英と戦えるところまで、俺は戻ってこられたんだ)

そう思うと、静かな喜びがあとからあとから胸に溢れてくる。

(ああいや、今はそういうこと、考えてる場合じゃねえ。今度は俺が、ちゃんとアシストしないと)

海里はブルブルと首を振り、舞台を注視した。指先は、スポットライトの調整ダイヤルに軽く触れさせておく。

李英の使う小道具は、ツヤツヤしたリンゴである。

敢えて衣装に真っ白のシャツを選んだので、李英が目の前のテーブルからリンゴを取ると、その赤がライトを受けて、実に目に鮮やかだ。

李英の場合、演出はとてもシンプルで、幾度か小さなテーブルからリンゴを取り、手渡す仕草、受け取る仕草をした後、最後にもう一度、リンゴを手にするだけである。

その間、スポットライトの調整は必要なく、海里の唯一の出番は、最後の最後に待ちかまえていた。

「……彼女の部屋に、その林檎を置いて出る勇気が、私にはなかった。爆弾になり損ねた林檎は、まだ私のバッグの中に入ったままだ。夕暮れの河原の道を歩きながら、私はひんやりした林檎を手に取った。そして、いっそ爆発して、私を吹き飛ばしてくれ……そう願いながら、つややかな赤い林檎に、ガリリと歯を立てた……」

自分を裏切り、他の男と関係を持った恋人への憤り。しかし、彼女を切り捨てることができない、自分の未練。

生々しい男の葛藤を、静かな水面に小石を落としたような僅かな声の震えと、リンゴを齧らんとするときの、猫背気味の姿勢で表現しきった李英に感服しながら、海里は絶妙のタイミングでスポットライトを落とした。

闇の中に、シャリッ、と本当にリンゴを一口齧る音が響き、静寂が物語の終わりを観客に告げる。

数秒遅れて響く盛大な拍手に、海里はホッと胸を撫で下ろした。

ステージ上から李英が差し招いてくれたので、海里はとびきりの笑顔で再び舞台に現れ、李英と並んで、深々と客席に一礼する。

客席には、倉持悠子の朗読イベントに足繁く通ってくれていた常連客の顔が、ちらほら見えた。

悠子でないなら行かない、と遠ざかっていた客たちも、二人の朗読の評判がいいので、興味を惹かれ、徐々に戻ってきてくれているようだ。

今夜は、客席が七割がた埋まっていると、イベント開始直前、楽屋に顔を出した砂山が教えてくれた。

(よかったな……)

ホッとしながら、海里は一足先に楽屋に戻り、一口だけ水を飲んでから、舞台衣装のワイシャツを脱ぎ始めた。

何しろ、アルバイト店員がひとりいるとはいえ、海里が舞台に立っているあいだ、店のオペレーションはてんてこ舞いだ。早く着替えて、ヘルプに入らねばならない。

(それにしても、李英の朗読、よかったな。悔しいけど、俺とはレベルが違う)

　ワイシャツのボタンを外しつつ、海里は喜びと入れ違いにやってきた悔しさを静かに噛みしめる。

　当日の気分で、微妙に読み方を変えがちな海里と違い、李英は稽古のときからまったくスタイルがぶれない。

　そういえば、デビュー作のミュージカルでも、李英は決してアドリブを入れないタイプで、いわゆる小さな「日替わりネタ」のコーナーをとても苦手にしていた。

　その分、台本を深く読み込み、稽古に稽古を重ね、磐石の状態で舞台に上がる彼の姿勢に、海里は今夜も尊敬の念を新たにしていた。

　と、遅れて入って来た李英が、「お疲れさまでした」と海里に軽く頭を下げて、すぐ鏡前のスツールに座った。

「お疲れさまでした！」

　海里も快活に言葉を返し、店の手伝いをするとき用の黒いシャツに袖を通しながら、言葉を継いだ。

「どうにかこうにか、小道具使い、上手くいったな。演技力の不足を補う手段としては、まあまあ有効だと思ったけど、お前としては、手応えあった？」

しかし、問いかけに対する返事が聞こえてこない。

何か飲んでいるのかと、海里は李英のほうを見て、ギクリとした。

ステージの上では、眩い光に照らされていたので気づかなかったが、李英の顔色が、酷く悪い。

「李英？」

驚く海里に、李英はまさに土気色の顔で、弱々しく訴える。

「すみません、先輩。僕、ちょっと」

「えっ？　まさか、また心臓の具合、悪くしてんのか？」

海里は弾かれるように立ち上がったが、李英はごく僅かに首を横に振った。

「いえ、耳が」

「耳⁉」

李英の左手が、自分の左耳をそっと押さえる。

「左耳が、物凄く痛くて。耳鳴りもしてるのかな。ちょっとわからないくらい痛いんです」

「マジかよ！　いつから？」

海里に問われ、李英は苦しげに顔を歪めて答える。

「昼過ぎ……くらいかな。何だろうって思ってたら、だんだん痛くなってきて。でも、明日(あした)の朝に病院に行こう、くらいだったんです。なのに、本番前から、突然、猛烈に痛み始めて」

海里は啞然(あぜん)としてしまった。

「近くにいたのに、そんなの全然わかんなかったぞ」

「必死で我慢してましたから。何とかやりきらなきゃって。終わって袖(そで)に引っ込んだら、安心したからか、十倍くらい痛くなってきて……」

「バカ、それが正味の痛みだよ、絶対！　何で言わなかったんだ」

「だって、やりたかったですから。大事な舞台、ですから」

絞り出すようにそれだけ言うと、李英は耳を押さえ、苦悶(くもん)の声を漏らす。

昔から我慢強い李英が、ここまであからさまに痛がる以上、それは尋常なことではない。

「とにかく、待ってろ。マスターに話してくる。近くの病院、知ってるかもしれないから！　じっとして……何なら床でもいいから横になってろ。すぐ戻る！」

李英が瞬(まばた)きで頷(うなず)いたのを確かめて、海里はシャツの前がまだはだけたままであることも忘れ、小さな楽屋を飛び出していった……。

よもや、「シェ・ストラトス」で二人がそんなことになっているなどとは夢にも知らない夏神とロイドは、今夜も「ばんめし屋」ののれんを掛け、客たちに日替わり定食を振る舞っていた。

「マスター、表に書いてある今日の日替わりメニュー、なんすか、あれ。『鶏ひき、ネギ、豆腐』って。ジャレド・ダイアモンドの『銃・病原菌・鉄』やあるまいし。料理名っちゅうより、食材やないですか。麻婆豆腐やのうて？」

最近よく来る、近所に下宿をしている大学生だという若者に問われ、夏神は笑って答えた。

「麻婆豆腐はな、からいのんが苦手なお客さんもようけおるから、あんまし作らんねん。今日のんは、辛みは一切なしで、和風にあっさり仕上げてある。そやから、あの料理名や」

「へえ」

「からいのんが好きな人には、胡麻ラー油を添えて出しとる。まあ、食うてみ」

「食います食います。あっさりの気分やったんで、ありがたいです。飯、やや控えめで頼んます」

「なんや、どないした？」

「昼に学食で、コロッケカレー大盛り食っちゃったんですよ」

「まだ若いんやから、そのくらい平気やろ」

「いやいや。万が一、足りんかったらお代わりします。そのほうが、気ぃ楽やし」

「さよか。それもそやな。残さんっちゅうんはええ心がけや」

そんなテンポのいい会話をしながら、夏神は、あらかじめ炒めてあった鶏ひき肉を中華鍋に入れ、大きなおたまでスープを注ぎ入れた。

ジャーッと小気味よい音が、店内に響き渡る。

今日は海里が朗読イベントに出演すべく留守にしているので、接客に配膳に洗い物と、ロイドは八面六臂の大活躍を見せている。

調理台にトレイを出し、そこに小鉢を並べて、副菜のきんぴらサラダと、胡瓜となまり節の酢の物を盛りつけながら、ロイドは夏神の様子をチラチラと窺った。

そして、夏神が手早く仕上げたメインの「鶏ひき、ネギ、豆腐」と共にトレイを客席に運んだロイドは、厨房に戻り、手が空いたので洗い物を始めた夏神の隣に立った。

綺麗に洗い上がった皿を夏神から受け取って拭きながら、ロイドは小声で話しかけた。

「夏神様」

「ん？」

「今宵は、すこぶるご機嫌なご様子。三日前の夜は、あの愛らしいお嬢さんとお話が弾んでいた様子でしたね」

いきなりロイドに香苗の話を持ち出され、夏神は正直に面食らった顔をしたが、すぐに何とも情けない笑みを浮かべた。

「教えてくれてもよかったんやで。『夢やない』て。おかげで三日前の夜は、ビックリしたわ」

ロイドも笑顔で、しかし済まなそうに言い訳する。

「それは失礼致しました。しかし、愛らしい幽霊のお嬢さんが、わたしに向かって、お口に人差し指を当て、『しーっ』という仕草をなさっておいでてしたので」

「あいつ……！　ほんまに」

自分の中にいる香苗に文句を言うように、自分の分厚い胸板を睨む夏神に、ロイドは少し不思議そうに問いかけた。

「あの方が、夏神様の亡き想い人でいらっしゃるのですね。それにしても、その方のことを、海里様には内緒にしておかれるのですか？」

それは、夏神にとっては、ちょっと痛いところをつく質問であったらしい。

彼はすぐには答えず、さっきの大学生にカウンター越しに声を掛ける。

「どない？　味、物足りんか？」

「いや、確かに麻婆豆腐ではないですけど、めちゃくちゃ旨いです。後半三割くらい、ラー油で味変しよかな、くらいの感じ」

「そらよかった。ご飯のお代わり、要るんやったら遠慮せんと」

「はーい」

そんな会話をしてから、夏神は、笑顔で待っているロイドに向き直り、恥ずかしそうに打ち明けた。

「イガに香苗のことを隠す必要はあれへんねん。そやけど……そう長いこと一緒にはおれんのやから、その間じゅう、独り占めしたい、みたいなこう……アカン、俺ん中にあいつがおって、全部聞かれてると思うたら死にそうや」

ロイドは優しく微笑んで、「よいではありませんか」と言った。

「ええ歳のおっさんが言うことやないやろ」

「何を仰せですか。恋慕の情に、年齢など何の関係もございませんよ。わかりました。では、海里様にはお伝えせず、わたしも、極力、お二方のお邪魔をせぬよう努めます。ご安心を。どうぞ遠慮なく、盛大にイチャイチャなさってください」

「イチャイチャて……！」

たちまち、夏神の顔が赤らむ。奇妙な感覚だが、自分の内で、香苗が噴き出すのがわかって、おかしいやら切ないやら、情緒が大忙しだ。

「あんなあ」

思わずロイドに言い返そうとしたそのとき、夏神のジーンズの尻ポケットから、賑やかな着信音が鳴り響いた。

「お？」

急いでスマートフォンを引っ張り出した夏神が、怪訝そうに太い眉をひそめる。

「イガからや。何ぞあったんかな」

通話アイコンを押し、スマートフォンを耳に当てて会話を始めてすぐ、夏神の顔が険しいほどに引き締まっていく。

ロイドは聞き耳を立てながら、心配そうにそれを見守っていた……。

海里が病院から「ばんめし屋」に帰り着いたのは、午後十時過ぎだった。

店内には五人ほど客がいるので、夏神はカウンターの中から物問いたげな視線を向けてきただけだ。

タクシーで李英を病院に運び、待っていてくれた医師と看護師に託した後、夏神には電話で状況をざっと伝えてある。それだけに、余計に心配しているのだろう。

海里は食事中の客たちに「いらっしゃいませ」と声を掛けてから、厨房に入った。

客が帰ったあとのテーブルを片付けていたロイドも、さりげなく、しかし大急ぎでトレイに食器を集め、戻ってくる。

とりあえず、今、店内にいる客には食事を出し終えているようなので、海里はガスコンロの前にいる夏神の隣に立ち、小声で話しかけた。

「遅くなってごめん」

夏神も、海里と並んで立ったまま、低い声で応じる。

「おう。お疲れさん。そんなん気にせんでええ。どないや？」

何が、とは問うまでもない。海里は、ロイドが自分の近くに来たのを横目で確かめてから、簡潔に説明を試みた。

「急に左耳が滅茶苦茶痛いって言い出してさ、顔色も酷くて、冷や汗ダラダラ掻いてて、とにかく普通じゃなかったんだ。で、『シェ・ストラトス』のマスターが調べてくれた近場の病院に電話したんだけど、耳を診られる先生がいないって断られて、そんで、李英が心臓でお世話になった病院にダメ元で連絡してみたんだ。そしたら、とにかく連れておいでって言ってくれてさ。そんで、タクシーで向かったんだよ」

「おう、ほんで？」

「帯状疱疹だって。本人は気づいてなかったけど、左耳の後ろ側に発疹がぶわっと出てるらしい。それを見たらほぼ確実だって、先生が言ってた」

「退場……方針？　いずこへ退かれるのかわかりませんが、それは心臓と何か関係があるご病気なのですか？　お命に関わるようなことがまた？」

　オロオロするロイドに、海里はさすがに少し疲れた様子で、それでもきちんと答えた。

「退くほうじゃなくて、帯状にブツブツが出るよって字面。心臓と関係があるわけじゃないみたいだよ。ただ、心臓の病気やらその後かかった肺炎やらで、あいつ、だいぶ消耗したろ。体力がまだ完全には戻りきってないせいで、身体の中にもともと潜んでたウイルスが元気になっちゃったんだろうって話だった」

「帯状疱疹はよう聞く病気やけど、普通、胸とか腕とか背中とか、そういうとこに出るもんやと思うとった。耳にも出るんか？」

夏神の疑問に、海里は顰め面で頷いた。

「俺も知らなかったけど、目とか耳とか、とにかく頭や顔面に出る帯状疱疹は、ちょっと厄介なことになる可能性があるんだってさ。耳は特に後遺症が出やすいし、李英は症状が強いから、早く徹底的に治療をしようって、ひとまず入院することになった」

夏神は、気の毒そうに嘆息する。

「またか。やっと元気になってきたと思うたのに、えぐい災難が続くなあ、里中君。お父さんには？」

「病院から連絡した。今回のは命に関わるとかそういうアレじゃないから、こっちに来る必要はないけど、一応、明日にでも電話で李英と話してやってくれって伝えたよ」

「そうか。ほんで、里中君は？　どんな様子やった？　帯状疱疹、俺は経験ないけど、えらい痛いてお客さんが言うてはったからな」

海里は、処置を終えて病室に運ばれた李英の様子を思い出し、つい嘆息した。

「痛み止めを出してもらって、少し楽にはなったみたいだけど、まだ凄くつらそうだったな。そんな簡単に取れる痛みじゃないんだって。眩暈もあるって言うし、また入院で、不安もあるだろうし」

「そやろなあ」

想像できない痛みを敢えて想像しようとして、夏神は客の前というのをつい忘れ、難しい顔つきになる。だが海里は、敢えて明るい声を出した。

「でも、あいつ、ラッキーだったよ。耳鼻咽喉科の先生、当直じゃないのに、近くに住んでるからって駆けつけて、今夜から点滴治療を始めてくれたんだ。治療、早ければ早いほどいいんだってさ」

「それはようございました。心臓のご病気のときといい、ここぞというところで強運を発揮なさっておいでです」

ロイドは心底心配そうに、それでも海里を慰めようと同調する。海里も、口角をほんの少しだけ上げ、それに応じた。

「ホントだよ。ギリギリんとこで、あいつは持ってる。きっと今回も大丈夫だ。主治医の先生からは、あいつがいないとこで、起こるかもしれない後遺症のこと、あれこれ言われたけど……。顔面神経麻痺だの難聴だのって。でも、きっと大丈夫だ」

むしろ自分に言い聞かせるように呟く海里に、夏神も少し笑って同意した。

「そのとおりや。しばらく店のことは心配せんでええから、里中君をよう支えたれよ。ほんで、急な入院やったら、色々必要なもんもあるやろ」

「ああ、李英のマンションの鍵、預かってきた。明日、必要なもんを集めて、持っていくよ」

「そうせえ。急なことで、お前も疲れたやろ。二階で休んできたらええぞ?」

「いや、大丈夫。大丈夫だけど……ちょっとだけ二階で、電話してきていい?」

「おう、ええで」

「ゴメン。そんなに長くはかからない……と、思う。ロイド、もうちょっとだけ頼むな」

「お任せくださいませ！　このロイドがいれば、百眼鏡力でございますよ」

「……それ、頼もしいのかそうでもないのか、ちょっとわかんねえ」

苦笑いを残し、海里は階段を駆け上がり、自室に入った。

スマートフォンのバッテリーが心許ないので、よくないこととは知りつつ、充電しながら電話をかけた相手は……。

『おう、ディッシー君、元気かよ？』

数回のコール音のあと聞こえてきたのは、決して声量は豊かでなく、掠れ気味ですらあるのに、何故かパーンと小気味よく鼓膜を打つ、男性の声だった。

「おはようございます！　ご無沙汰してます！　あの、今、よろしいですか？」

『いいよぉ。風呂ん中では暇だからな！　のぼせない程度なら何でも聞くぜ』

「うわッ、風呂ですか、すいません。手短にします！」

畳の上に胡座を掻いていた海里は、緊張と申し訳なさで、思わず正座に直す。

電話の相手は、大先輩俳優のササクラサケルだった。

子供向けのマンガが原作のドラマでデビューした彼は、紆余曲折を経て、今は演技派俳優として高い評価を得ている。

また、芸能事務所の経営にも乗り出し、大手事務所から離れた李英を受け入れたのは、舞台での共演を経て、李英の実力を高く買ったササクラだった。

今も、病後の療養を続ける李英を、精神的にも経済的にも温かくサポートしている。

海里自身も、ササクラが出演する舞台にひょんなアクシデントで出演させてもらったりして、今や縁の深い、恩義のある人物だ。

そんな彼に、李英の再びの入院を、まずは傍にいる自分からきちんと報告しておこうと海里は考えたのだ。

「……ってわけで、今回は短い入院にはなると思うんですけど」

海里はできるだけ掻い摘まんで状況を説明し、ササクラの言葉を待った。

短い相づちを挟んで話を聞いていたササクラは、いかにも浴室らしい、微妙にエコーのかかった声で、こう言った。

『いやあ、ラッキーだねえ、李英は』

思いがけない反応に、海里はキョトンとしてしまう。

「ラッキー……ですか？　むしろ逆じゃ」

だが、ササクラは、「ラッキー」という言葉を繰り返し口にした。

『ラッキーだよ。超ラッキー。役者は何だって演じてみせなきゃいけねえ。わかんねえことについては、観察と想像で芝居を作っていくしかねえけど、やっぱ不安が残るだろ』

「それは、はい」

『けど、てめえの身で経験してりゃ、その点強い。自信を持って演じられるだろ。心臓病も帯状疱疹も、そういう意味じゃあいつの財産よ。望んでかかれる病気じゃねえんだ、ラッキーだろうが』

あまりにも前向き、そして役者馬鹿なササクラの発言に、海里はリアクションに窮してしまう。

「そう、かも？　でも後遺症とか……」

『そこは心配だけど、信じるしかねえだろ。まあ、後遺症も財産よ。俺なんか、特撮やってた時代にアクションしくじって大怪我して、未だに靭帯が一本切れたまんまだけど、おかげで膝の悪い奴の歩き方は完璧だぜ』

「なる、ほど」

『物は考えようってこった。ま、なんか困ったことがあったら、いつでもうちのマネ……金得に遠慮なく言いな。俺でも全然いいけど、事務作業は、あいつのほうが百倍速いからな』

「元銀行員ですもんね。了解です。また、落ち着いたら李英のほうから報告あると思うんで、聞いてやってください」

海里はそう言って、会話を終えようとした。だが、ササクラは不意にこう言った。

『おっと、ちょうどいいな。俺、ディッシー君に用事があんのよ』

「俺にですか？」

『うん。こないだ、お前さんが前に所属してた事務所の社長と……美和ちゃんと話したんだけどさ』

　久し振りに、芸能人時代の事務所の社長兼マネージャーであり、海里にとっては芸能界の母とも思う大倉美和の名を聞き、海里の顔に緊張が走る。

　そんな海里とは対照的に、ササクラは実にのんびりした調子でこう続けた。

『あいつ、もうディッシー君と再契約するつもりはないんだって？　こう、解雇ってケジメをつけたからには、出戻りなんてみっともないことはさせられねえって』

　またしても意外な話である。海里は少し迷惑そうに、それでも礼儀正しく言葉を返した。

「俺のほうだって、そんなつもりも予定もないです」

　スピーカーの向こうで、ササクラが低く笑う気配がする。

『いいねえ、その意地っ張り。嫌いじゃねえよ。けど、もし「そんな予定」が出来たら、うちと契約しねえか？　美和ちゃんに遠慮が要らないと知ったからには、俺がお前を獲りたいと思ってんだけど。勿論、バラエティ要員なんかじゃねえ、役者としてのお前が欲しい』

「……は!?」

『は、って何だよ？』

「い、い、いや、あの、だって俺、役者としての才能はあんまり……」

　思わず正直に自分の実力を口にする海里に皆まで言わせず、ササクラはキッパリと言いきった。

『あのな、演技力なんてのは、そりゃあったほうがいいに決まってるけど、なくてもどうにかなる役者はいるんだよ。人間力つか、独特の色つか。そいつにしかない味がありゃ、それでどうにかなる仕事もそれなりにある』

「う、うう」

『お前さんは確かにまあ、今んとこまずまずの大根だが、不思議な魅力を感じる。鍛えていきゃ、それなりに仕上がると思うぜ。少なくとも、俺はな』

ササクラは、キザだが想いのこもった口調で、話を続ける。

『芸能界に未練がねえってんなら、無理にとは言わねえ。今の暮らしを、精いっぱい大事にしな。けど、芸能界復帰つっても、今どき、色んな道があんだろ。地方に住みながら、他の仕事しながら、役者やってる奴なんてたくさんいる。難しく考え過ぎる必要はねえよ？』

「それはそう……だと思います。あの、ありがとう、ございます。けど俺、ちょっとそういうの、考えたことがなくて」

しどろもどろの海里に、ササクラはますます可笑しそうに笑った。

『ますます気に入った！　即座にOKするほどバカでも恩知らずでもねえのは、いいことだ。ま、全然急がない話だから、その気になったら言ってくれや。俺、趣味は釣りだからな。こう見えて、気は長いんだ。ただし、狙った魚はそうそう逃がさねえぞ。じゃ、李英にくれぐれもよろしくな！』

言いたいことをサラリと告げて、ササクラは通話を一方的に終えてしまう。

海里は、スマートフォンをゆっくりと耳から離した。

驚きのあまり、脳が軽く麻痺して、すべての動きが酷く緩慢になってしまっている。

「事務所にスカウト……？　マジか」

まさか、俳優としての自分に需要があるなど、海里は想像すらしていなかった。

芝居は好きだが、あの生き馬の目を抜くような芸能界に再び戻り、綺麗な水とはお世辞にもいえない荒波に揉まれたいという気持ちも度胸も、もはやない。

ここで住み込み店員をしながら、朗読の腕を磨き、アマチュア役者として演劇にかかわっていけたら幸せだ。

せっかく固まりつつあったそんな想いを、ササクラの言葉が、根底からグラグラにしてしまう。

「嘘だろ……。もう、やめてくれよ、そういうの。俺、心が弱いんだからさ」

早く店に戻らねば、と思うのに、身体はびくとも動かない。

海里はスマートフォンを握り締め、しばらく呆然とその場に座り続けていた。

「んん……ぶぇっくしょい！」

何故か鼻がムズムズして、夏神は特大のクシャミと共に目覚めた。

と同時に、眠い目に映った、自分の顔を覗き込む恋人の姿に、彼は思わず跳ね起きる。

『おはよ、留ちゃん』

彼の枕元、畳の上に胡座を掻いた香苗は、面白そうに片手をヒラヒラしてみせた。

『面白いな。身体がないから、留ちゃんには触られへんはずやのに、指で鼻の下コショコショってしたら、えらいムズムズした顔してた』

「実際、滅茶苦茶ムズムズしたで。何か伝わっとるん違うか。気配とか、そういうんが」

『そうかもしれん。爽やかなお目覚めやったやろ？』

「どこがやねん」

まるで二人ともが若く、香苗が生きていた頃に交わしていたような他愛ない会話に、夏神は起き抜け早々、目の奥がじーんとするのを感じた。

かつて、こんな気恥ずかしさと幸せに満ちた朝が何度もあった、と思うと、大の男が泣いてしまいそうで、夏神は、眠い目を擦るふりで、こみ上げる涙を拭い去る。

「なんや、お前。十一時過ぎやぞ。幽霊やのに、真っ昼間でも出てこれるんか」

敢えて軽い調子で夏神が言うと、香苗はフフッと笑って、得意げに言った。

『夜のほうが出やすいってのもそうやし、あんまり明るいと、透けてるから見えにくいん違う？　この部屋、カーテン閉めたままやから、大丈夫やろと思って出てきてみた』

「さよか。……昨夜、出てこんかったから、今日の夜までお預けかと思うとった」

遠回しに「待っていた」と告げる夏神に、香苗は膨れっ面で言い返す。

『だって、昨夜はあのイケメン君が大変そうやったから。留ちゃんも心配してたし、遠慮したんよ。……イケメン君のお友達って、毎晩ごはん食べに来る、こないだ昼にお店やっとったときに手伝ってた子？』

「そうか、俺ん中で見とったんやったな。そや、里中君。イガの弟分やし、うちの店にとっても、もう身内や」

『そうなんや。心配やね。早くようなるように、私も祈っとく』

「ありがとうな。昨夜は目覚ましかけるん忘れとった。起こしてくれて助かったわ。ちょうどええ頃合いや」

　枕元の目覚まし時計を見た夏神がそう言うと、香苗は階下を指さして言った。

『留ちゃんの中におって、一緒に行動してたようなもんやから、パターンは覚えたで。今から下へ行って、配達されとる食材を取り込んで、お米洗ってから、下ごしらえをしもって、なんか食べる』

「ようご存じで」

『留ちゃんちにお泊まりしたことはあったけど、同棲はせえへんかったもんね。こんな風に、死んでから、おじさんになった留ちゃんと一緒に暮らせるとは思わんかったな。人生、何があるかわからんね』

　無邪気に笑う香苗に、夏神は、躊躇いながらも鈍い口調で問いかけようとする。

「一緒に暮らせる、言うても……お前、長くはおれんて言うたやろ。具体的にはいつまでおれるんや？」

『自分でもわからんけど、もうすぐなんは確か。そろそろやなって思ったら、ちゃんと言うから。黙っては行かへんから』

「もうすぐ、て。そんなん言われたら、俺、毎朝怖いやないか」

『ゴメン。それやったら、今、消えよか？』

「アホか！　絶対アカン！」

『どないやの』

夏神の慌てように、香苗は一瞬ポカンとしてから笑い出す。夏神は、さすがにムッとして、乱れ髪を片手で撫でつけた。

「笑いごと違うわ。こっちは深刻なんやぞ」

『わかってる。けど、私はもうちょっとだけ、留ちゃんの暮らしぶりを見てたい。毎朝怖くても、一緒におらしてくれる？』

夏神は、仏頂面のまま、それでも深く頷く。

「当たり前や。……今、どんだけお前と別れるんが怖うても、死んだときのお前の気持ちを知らんかったときの怖さに比べたら、屁でもない」

『……そうか』

香苗も頷き、畳の上を這うようにして、夏神の布団の縁に両手をつき、夏神の顔を近くからつくづくと見た。

『私も、お別れはつらいけど、留ちゃんがどうしてるんかわからんかった頃のつらさに比べたら、屁でもないわ』

「……おう」

夏神がなおも何か言おうとしたとき、香苗が『あ』と小さな声で言うなり、シュッと姿を消した。

「お⁉」

つい慌てる夏神の目の前で、部屋の扉が開き、海里が顔を覗かせる。

「……おう、イガか」

夏神が身を起こしていることにホッとした様子で、空っぽの大きなバッグを畳んで小脇に抱えた海里は、さっきまで夏神のそばに香苗がいたことなど知りもせず、早口で挨拶をした。

「夏神さん、おはよ。ゴメン、ノック忘れた。起きてた？」

夏神も、どうにか気持ちを切り替えて挨拶を返す。

「……お、おう。おはようさん。これから病院、行くんか？」

「うん。面会時間が始まるのにあわせて、行くつもり。その前に、李英のマンションに荷物を取りに行くからさ。仕込み、手伝わなくてごめん」

「ええて。気にせんと、里中君のために何でもやったれ」

「ありがと。ロイドが残るって言ってるから、少しは戦力になると思う」

「おう、そら結構な戦力や。安心して行ってこい」

「行ってきます！　できるだけ早く帰るね！」

慌ただしく会話を終えると、海里の頭がシュッと引っ込み、次いで、階段をドタドタと駆け下りる足音が聞こえる。

それなりに冷静に振る舞ってはいるが、やはり李英の容態が心配でならないのだろう。

(可哀想に。里中君、はよ治ったらええなあ)

そんなことを思いながら、夏神は少し待ってみた。

しかし、香苗が再び現れる気配はない。

(出てくるんは、スクワットくらい大変やて言うてたもんな。しゃーないか)

大人げない寂しさをグッとうちに押し込め、夏神はもそもそと起き出して、雑に布団を畳み始めた。


李英が心臓の病を克服して退院したとき、もうここには二度と来ないだろうと海里が勝手に思っていた高台の病院。

ガラス張りの、天井が高くて開放感を絵に描いたようなエントランスロビーを通り抜けると、急に無機質なエレベーターホールに辿り着く、いかにも病院らしい構造の建物だ。

「ええと……確か、ここだったと」

夜と昼間の病棟では、何となく雰囲気が違う。

この病院の病室は、どこもかしこも太陽の光が十分に差し込むように設計されているようで、昨夜は陰鬱に感じられた空間も、午後一時過ぎの今はとても明るく、和やかな雰囲気だ。

おかげで少々記憶が頼りなくなりつつも、海里はどうにか、李英がいる四人部屋の病室に辿り着いた。

「あっ、先輩」

窓側のベッドに横たわっていた李英は、海里が入っていくと、ゆっくり起き上がろうとした。

「いいっていいって」

海里は慌ててそれを制止しつつ、李英のベッドに足早に歩み寄り、枕元の椅子に腰を下ろした。

李英の腕には、昨夜と同様、点滴の針が固定されている。

「どう？　昨夜よりは、顔色がマシみたいに思うけど」

海里がそう言うと、李英は申し訳なさそうに、枕に頭を預けたままで目礼した。

彼の左耳の後ろには大きなガーゼが当てられ、それを固定しておくために、頭部にはネット包帯を装着している。そのせいで、余計に痛々しく見えてしまう。

「昨夜はすみませんでした。また、先輩に助けてもらっちゃいました」

「昨夜のは助けたっつーか、運んだだけだろ。痛みは？」

李英は、片手で左耳にそっと触れ、まだ弱々しい声で答えた。

「痛み止めが効いてる間は、それなりです。でも、切れてくると酷くて。明け方、激痛で目が覚めて、七転八倒しました」

「あー……。そりゃつらいな。昨夜の今日じゃ、まだ治まらないか」

「数日は続くそうです。眩暈もあるので、気持ちも悪くて。でも、看護師さんがすぐ来てくださいますし、何よりこれでは死なないと思うと、少し気が楽ですね」

真顔でそんなことを言う李英に、海里は感心八割、呆れ二割の声を上げる。

「究極のよかった探しだな！　でも、確かにそれはそうかも」

「あとは、後遺症が出ずに治ってくれるのを祈るのみです。今朝、主治医の先生にそのあたりの説明も受けて、さすがにちょっと凹んでました」

自分も同じことを心配していたとはさすがに言えず、海里は声に力を込めて李英を励ます。

「そういうの、クヨクヨしてっと治りが悪くなるからよくねえぞ。大丈夫！　って思っとけ。点滴だって、助けてくれる。自分の身体を信じろ」

小さく微笑みつつも、李英は細く長い溜め息をついた。

「信じたいですけど、弱っちいですね、僕の身体。よくなったと思ったんだけどなあ。次から次へと」

「そういう時期なんだよ、きっと。それに昨夜、ササクラさんがいいこと言ってた」

海里が昨夜のササクラの話を語って聞かせると、李英のまだ青白い顔に、ぼうっと血の色が差した。

「そうか。財産……」

「うん。その病気にかかったときの身体の状態がわかる、患者の気持ちもわかる。確かに役者にとっては、凄い財産だよな。さすがササクラさんだと思った」

「ホントですね。なんだか、ちょっと気持ちが上向いたかも。っていうか、先輩、父だけじゃなくて、ササクラさんにまで連絡してくださったんですね。僕、全然気が回らなくて申し訳なかったです。父からは、今朝、連絡がありました」

謝る李英に、海里は笑ってかぶりを振った。

「必要そうなとこに、軽くお知らせしといただけだよ。落ち着いたら、お前からもササクラさんに連絡入れろよな。あと、これ、下着とか羽織り物とかスニーカーとか、適当に見繕って持ってきた。日用品は、確か病院のほうからセットで……あ、もうあるな。あと、テレビは？　レンタル手続きしようか？」

海里が訊ねると、李英は小さく首を横に振った。

「いえ、まだ見る気にはなれないので。それより……」

「淡海五朗短編集だろ。ちゃんと持ってきた！」

「さすが先輩！」

海里が差し出した本を、李英は嬉しそうに受け取る。そんな李英に、海里は申し訳なさそうに告げた。

「あのな、今言うのはどうかと思うけど、早いほうがいいか。朗読イベントのこと」

朗読イベントと聞いた途端、李英の顔がさっと引き締まる。

「はい。僕も、それを心配していて。たぶん、今回は一週間くらいの入院になりそうなんです。だから、来週はちょっと……」

海里は、頷いて言った。

「マスターにも心配かけたし、朗読イベントのことも相談しなくちゃいけないから、昨夜、電話したんだ。来週はイベントを休ませてもらおうと思ったんだけど」

「ダメですよ、そんなの」

李英は少し声に力を込め、笑みを浮かべて海里の顔を見上げた。

「マスター、先輩ひとりでやれって仰ったでしょ？」

「……なんでわかるんだよ？確かにそう言われた。断れる立場じゃねえから、わかりましたって言ったけど、俺、ひとりで舞台を務める自信なんか全然ないんだ。俺みたいな半人前じゃ、お客さんをガッカリさせ……」

いつもは海里の話をじっくり聞く李英だが、このときばかりは、いささか乱暴に遮り、早口に言った。

「先輩は、もう少しくらいは自信を持ってもいいと思いますよ。いつも、演技力がないとか、才能がないとか言うけど、僕は、先輩の朗読が凄く好きです。僕にはないものが、先輩にはあります」

「……それって？」

「テクニックや努力で作り上げる魅力じゃなくて、先輩自身が持ってる吸引力みたいなもの。それと、内側にあるエネルギーをそのまんま放射してるみたいなお芝居」

「ササクラさんにも昨夜、似たようなこと言われた」

「でしょ？　そこに今の先輩は努力をプラスしてるんだから、きっと最強になります。僕がいない分、倍のパワーで頑張ってください」

「無茶言うなあ……」

困り顔をしつつも、相棒の応援は何より心強い。眉間の皺がようやく消えた海里の顔を見ていた李英は、「悔しいなあ」とぽつりと呟いた。

「え？」

「舞台って、僕たちにとっては戦場じゃないですか。そこでまた先輩と戦ったり、協力したりしながら、ひとつのいいステージを作り上げていけるのが、僕、楽しくて嬉しくて。だから、一回だってそのチャンスを逃したくない。なかったんです。だから、悔しい」

朴訥な李英の訴えを聞くうち、海里の胸に熱い想いが湧き上がってくる。

「俺も。俺もそうだ。やっと、まだ互角じゃないにせよ、お前と戦えるところまで来た。

一緒にいいステージを作るって目的は絶対忘れないけど、それでも、ここからはガチで勝ちに行く。そのつもりでやる」

「……先輩」

「泣き言言って、悪かった。舞台に立てないお前のほうが、ずっとつらいのに。俺、お前の悔しさも抱えて、お前と一緒に朗読してるつもりで頑張るよ。四十分。短編二本より、せっかくだから中編一本のほうがいいだろ。今から大急ぎで選ぶんだけど、片っ端から読んでたら間に合わないから……淡海先生に相談しようかなと」

李英はちょっと困り顔で笑った。

「日頃から、先生の作品をちゃんと読んでおかないと」

後輩からの厳しいお小言に、海里は姿勢を正し、軽く頭を下げた。

「滅茶苦茶反省してます。淡海先生に失礼は謝って、いい感じの中編を選んで貰うよ」

「今回はそれしかないですね。先輩にぴったりの作品をいちばんご存じなのは、きっと作者の淡海先生ですし」

少し疲れたのか、怠そうに息を吐いた李英の様子に、海里はハッとして立ち上がった。

「あ、ゴメン。入院したばっかなのに、調子に乗って喋り過ぎた。きっと、朝から検査とかもあったんだろ。休んで」

「すみません、ヨワヨワで」

「当たり前だろ、病人なんだから。今、絶賛、役者の財産ゲット中なんだから、頑張れよ。治ったら、夏神さんが盛大に二度目の退院パーティするって言ってたぜ」

両手でガッツポーズを作ってみせる海里に、李英も微笑んで頷く。

「はい。こうなったら、目いっぱい財産を作ります。病人役なら任せろってくらい。退院パーティも楽しみです。絶対……絶対、この遅れは取り戻します。先輩には、負けません」

さっき、海里が口にした勝利予告に、李英もしっかり応える。

親指を立てて「望むところだ」と伝え、海里は来たときよりずっと元気な足取りで、病室を出た。


いったん帰宅した海里は、夏神とロイドの仕込みが順調なのを確かめてから、スクーターを借り、淡海邸へ向かった。

「今日は、仕込みにそない手間はかからん。ロイドもすっかり頼りになるようになった。ええから安心して行ってこい」

夏神はそう言って気持ち良く送り出してくれたが、海里のほうがそうはいかない。

スクーターを走らせながらも、夏神に対して、さすがに返しきれないほど借りが溜まってしまった……という思いで胸が詰まる。

文字どおり命を助けてもらってからというもの、海里は夏神の世話になりっぱなしだ。

夏神は面倒見がよく、兄貴気質で、何の見返りも求めない人物だということは知っているが、だからといって涼しい顔で厚意を受け続けられるほど、海里は神経が図太くない。

(休みを貰う分、仕事を一生懸命やるっていっても、それは住み込み店員なんだから当たり前だし。今は、俺の代わりにロイドが頑張ってくれてるけど、ホントはそれ、ロイドにも申し訳ない話だし。李英の入院は突発事態だけど、それにしたって、迷惑かけてるよな)

毎週水曜日の、朗読イベント当日だけなら、まだよかった。

しかし、倉持悠子のピンチヒッターを務めることになって以来、どうしても他の日の昼間に練習の時間を貰うことが必要になり、その分、店の仕事に穴を開けることになっている。

「いつまでもっちゅうわけやないんやから、かめへん。先方のお店にも、倉持先生にも、迷惑かけんように頑張らんかい」

そう言ってくれる夏神に感謝しつつも、この大きすぎる恩を、どうやって返せばいいのだろうと思い悩む、最近の海里なのである。

(もうちょっと慣れてきたら、李英との合同練習は週末だけでもいいけっかな、とか。淡海先生んちの稽古場にお邪魔する回数ももう少し減らしていいかな、とか。思ってたけど……ソロでイベントをやるとなったら、そうも言ってらんねえし)

グルグルと堂々巡りの悩み事をしているうちに、スクーターはぐねぐねした上り坂をどうにかクリアして、淡海邸へと到着する。

（そういや、事務所に誘われたこと、言いそびれたな）

本当は、いち早く報告すべき相手なのだが、もう少しひとりで考えたくて、海里は昨夜のササクラの話を、李英にすべて打ち明けることはしなかった。

李英に話せば、きっと喜んでくれるだろうし、背中を押してくれるだろう。だが、海里には、芸能界に対して、今もなお薄れない恐怖心がある。

芝居が好きだという気持ちと、あの魑魅魍魎が跋扈する世界に戻りたくないという気持ちが、常にせめぎ合っている状態だ。

そこに、今の生活がたまらなく好きだという事実を加えると、心がちりぢりになるような苦しさを感じる。

（ずっとこのままってわけにはいかない。みんな、変わっていくんだから。それはわかってるけど、今のバランスが気持ち良すぎて、楽しすぎて……幸せすぎるんだよな）

いくら悩んでも、そう簡単に答えが出る問題ではない。他人に打ち明けて、安直にアドバイスを求めるのも、いたずらに心の軸をぶれさせるだけになりそうで、気が進まない。

「うん、ひとりで悩もう。それしかねえ……うわッ」

いつものように淡海邸の裏門から入り、外階段を上って、稽古場を解錠し、扉を開け……た瞬間、海里は驚きの声を上げた。

誰もいないはずの部屋のど真ん中で、淡海五朗が膝を抱えて座っていたのである。

「やあ、こんにちは。今日はひとりかい？」

膝小僧に顎を乗せたポーズのままで、淡海はごく普通の感じで挨拶をしてくる。海里は、ドキドキする心臓のあたりを片手で押さえて自らを宥めながら、かろうじて挨拶を返した。

「こ、こんにちは。何してるんですか？」

「んー、アイデア出し」

「アイデア、アイデア出し？」

「生まれ育った町を飛び出して、知らない町の何もない部屋にたどりついた人間は、どんな気持ちになるかなあと思ってね」

「ああ……確かに、何もない部屋だ」

海里はようやく腑に落ちて、淡海と一緒に室内を見回した。

淡海が、海里と李英のために旧書庫をリフォームして提供してくれたこの稽古場には、今、パイプ椅子が二脚置いてあるだけだ。

昔なら、大きなラジカセだのピアノだのが必要だったのだろうが、今は、スマートフォンに小さなスピーカーを接続すれば、どうにか事足りる。

「でもこの部屋、ちょっと変わっちゃったから、あまり参考にならなかったかも」

長い手足を伸ばし、ゆっくり立ち上がってから、淡海はそんなことを言った。

海里は不思議そうに首を傾げる。

「変わった？　俺たち、特に何もしてないと思うんですけど。あ、掃除は頑張ってるつもりです。もしかして汚れてる……？」

「違う違う、そういう物質的なことじゃなくてね。ほら、僕がしばらく東京に行っちゃって、この家をほったらかしにしておいたら、瞬く間に、平安時代の絵巻物に出てくるあばら家みたいになっちゃったでしょう。住む人がいない家は、あっという間に生命力を失ってしまうんだと痛感したよ」

さすがに「そうですね！」と全肯定するのは気が引けて、海里は「ああ、まあ」と曖昧に同意する。

そんなことはまったく意に介さず、淡海は両腕で部屋の空気を掬うような仕草をした。

「その逆。ガランとした寂しい部屋だったはずなのに、君たちがここに通って、朗読のレッスンをして、エネルギーを放射しているせいかな。誰もいない室内にも、活気のようなものを感じるんだ。だから、ぽつんと座っていても、心細さやわびしさがちっとも湧いてこなくて、ダメだなと思っていたところだったんだよ」

「活気、ですか」

「うん。人間のパワーって凄いもんだね。あ、ごめんごめん。稽古の邪魔だよね。僕はこれで退散するから、好きなだけゆっくりしていって」

ハッと我に返った淡海は、稽古場を出て行こうとする。海里は慌てて淡海を引き留め、昨夜からの事態をできるだけ簡潔に説明した。

ふむふむと聞いていた淡海は、「ありゃー」と細い眉を八の字にした。

「気の毒に。トラブルや病気は続くものだからね。これを乗り切れば、きっといいことがあるよ、里中君にも」

海里も、それに同意してから、いきなり膝に額を打ち付けるほど、深いお辞儀をした。

「な、なんだい!?」

驚く淡海に、海里はそのままの姿勢で、自分が来週、ひとりで朗読イベントをやらねばならないこと、四十分程度で読める中編を探さないといけないこと、自分に合いそうな作品を、作者である淡海に推薦してほしいことを一息にまくし立て、「申し訳ありません!」と詫びた。

「いや、今の話の中に、特に謝られる要素はなかったと思うけど」

むしろ訝しそうな淡海の声に、海里は恐る恐る頭を上げた。

「いや、だって、ホントは自分で読みまくって選ばないといけないのに」

「そんなことをしている時間はないだろうし、その時間を稽古に使ったほうがよっぽど有意義だ。そして、作品を選ぶのにもっとも適任なのは僕に決まっている。実に合理的で、いい依頼だと思うよ。引き受けよう」

「マジですか! ありがとうございます!」

「うん……四十分で読めそうな中編か。君にぴったりの。ふむ、そうだなあ」

淡海はしばらく腕組みして考えていたが、やがてこう言った。

「一日くれるかい？　明日の午後、手が空いたときでいいから、また来てよ。それまでに、選んでおくから」

「……ありがとうございます！　必ず！」

明日、またここに出向くなら、今日は一刻も早く戻って、店の仕事に励まなくては。

そんな思いで、海里は淡海にもう一度礼を言い、「じゃあ、今日はこれで失礼します！」と、来たときの倍のスピードで飛び出していく。

その後ろ姿を見送った淡海が、「ふふ、中編ね。腕が鳴るなあ」と怪しい含み笑いで呟いたことなど、はやスクーターのハンドルを握った海里には、知る由もなかった。

その夜。

「はい、お待たせしました〜！」

海里が両手に持ったトレイをテーブルに置くと、男子大学生グループの客から大きな歓声が上がる。

「唐揚げ、でっか！」

「唐揚げに、何ついてるんすか？　なんや、ツノみたいなのがピンピンしとる」

今日、何度目かの質問に、海里は澄ました顔で答える。

「鶏肉をバッター液につけるとき、ごぼうのささがきも一緒に入れるんですよ。そんで、こう、グワシッと摑んで、一緒に揚げる。ほら、マスター、手がでかいから」

「ああー、なるほど！　ごぼう！」

「大学生の下宿生活、繊維質が不足しがちでしょ。召し上がれ～」

提供した料理に大きなリアクションがあると、やはり嬉しいものだ。

海里は軽い足取りで厨房に戻り、片手鍋に水を張って、火にかけた。

副菜のマカロニサラダは、あまり時間を置くとパスタがパサッとしてくるので、何回かに分けて作ることにしている。

夏神は次のテーブルの客たちのために、「でっかい手えで！」と言いながら、大きく切り分けた鶏もも肉とごぼうのささがきを器用にまとめ、油の中にそっと滑り込ませた。

「いつも思うんだけど、指先、一緒に揚げちゃったりしない？」

「するなあ」

実にフラットに答える夏神に、海里ではなく、唐揚げに齧りついていた大学生たちがどっと沸いた。

「指、揚げるんすか、マスター」

そう言われて、夏神はニヤッと笑って右手を持ち上げる。

「こんがりとな。言うて、ちっと油に入ってしもたくらいでは、もはや火傷もせえへんで」

「え、それ、どういうトレーニングっすか」

「筋トレならぬ、油トレや。唐揚げの日ぃは、ひとり二つまではお代わり自由やから、しっかり食べえや」

「マジで！」

「やった！」

途端にさらに勢い付く若者たちを見やり、夏神はギョロ目を細める。

「喜んで食うてもらえるんは、嬉しいもんやなあ」

うん、と同意しつつ、海里は不思議そうに夏神を見た。

「なんか、ご機嫌だね。また、彼女さんが夢に出て来たりした？　あのときぶりのテンションじゃない？」

ブフウッ、と、夏神は飲みかけていた湯呑みの水を盛大に噴き出し、むせる。

「えええ？　俺、なんか変なこと言った？」

「あ、いや……ゲホッ、なん、でも、ゴホゴホッ」

夏神は咳き込みながら「何でもない」と言おうとし、キャベツの千切りに励んでいたロイドが、大慌てで割って入った。

「夏神様は何でもないと仰せでございますよ、海里様！」

「う、うん。それはどうにか聞こえてる。つか、なんでお前がそんな力説すんだよ？」

「そ、それは、その、つ、通訳が必要かと思いまして！」

夏神としては、いきなり海里に核心を衝かれて動揺するし、それを見ていたロイドも、夏神の「可愛い秘密」をどうにか守らねばと慌てる。

その結果が現状なのだが、海里には、二人が突然、ただならぬ様子を呈した理由が、どうにもわからない。

「えっ？　マジで俺、何かまずいこと言った？　彼女さんがNGワードだった？　いや、今さらだよな」

香苗の幽霊が夏神の中にいることなど知りもしない海里は、盛んに首を捻る。

夏神は、自分の中で香苗が笑い転げている気配を感じながら、どうにか咳を鎮め、「失礼しました」とまずは客席に謝った。

「いや、なんもない。ただ、水が気管に入っただけや」

「……ホントに？」

海里に心配そうに問われると、どうにも胸が痛む夏神だが、今回だけは、香苗とふたりだけで最後の別れまで過ごすと心に決めている。

（後で必ず報告するよって。すまん、イガ）

それでいい、というように視線を投げかけてくるロイドに瞬きで感謝した夏神は、咳払いをひとつしてから、海里に言った。

「お前こそ、なんや今日は百面相やな」

海里はドキッとして自分を指さした。

「俺が？　百面相？」

「おう。今みたいに潑溂としとると思うたら、急に溜め息ついたり、ちょっとだけ苛ついた顔したり。まあ、里中君のことが心配やわな。あと、朗読の舞台も、ひとりでやるんは準備が大変やろ」

「んー、まあ、それは確かに。でも……いや、今は、旨い飯を作ることだけ考えよ！　マカロニ、二袋くらい茹でて大丈夫かな？」

いきなり気持ちを切り替えたらしき海里に、夏神は訝しそうにしながらも頷く。

「ええん違うか？　マカロニサラダも、お代わり要請多いからな」

そう言うなり、くだんの大学生グループから、「えっ、マカロニサラダもお代わりしてええんですか！　お代わりも、缶みかん入り!?」という声が飛んでくる。

「おう、山盛り食え食え。もれなくみかん入りや」

店に活気をもたらしてくれる彼らに感謝を込め、夏神はそんな気前のいい返事をして、海里に「三袋でもええかもな」と言ったのだった。

翌日、仕込みが一段落した午後三時過ぎ、海里は再び淡海邸へと出向いた。

今回は、確実に淡海に迷惑をかけてしまったので、「ばんめし屋」の近所にあり、夏神もロイドも大のお気に入りである「ポッシュ・ドゥ・レーヴ芦屋」の「和三盆リングサブレ」を持参した。

歯を立てるとほろっと崩れる儚い生地の中に、マカダミアナッツの歯ごたえと香ばしさ、そして表面にまとった和三盆糖の優しい甘さ。

これを嫌いな人はいないだろう、とつい確信したくなってしまうほど、軽やかで優しい味わいのサブレは、最近、海里の手土産の定番となっている。

今日は稽古ではないので、本当は正門から入ればいいようなものだが、相変わらず門扉から玄関へ至るまでのルートは、雑草に覆われたままらしい。

やむなく裏門から勝手口というルートで家に入った海里を迎えたのは、見るからにヨレヨレの淡海だった。

洋服は昨日のままだし、ただでさえ癖の強い髪は、モジャモジャと形容するしかない有様だ。

もとから細面だが、さらに頬がゲッソリこけ、細い目は血走っている。

「な……ど、どうしたんですか？　大丈夫ですか？」

心配する海里に、淡海は「へへへへ」とやけに楽しげに笑い、「まあ、どうぞ」とリビングルームへと誘った。

いつもの大きくて真っ白なソファーを勧められた海里は、「あの、これ」と、サブレが入った紙袋を差し出す。

「あっ、前に貰った奴だね？　ああ、これ大好きなんだ。仕事中のおやつにどんどん食べちゃえる。ありがとう。実は、お持たせに出すのも惜しいんだけど」

「出さなくていいんで、まるっと食べちゃってください」

海里がそう言うと、淡海は本当に嬉しそうに「やった」と言い、大事そうに紙袋を抱えてキッチンへと去った。

「なんか、凄くやつれてんな……。大丈夫かな」

その言葉は、今日は海里のシャツの胸ポケットに入って同行している、ロイドに向けられている。

『なにやら、絵に描いたような〆切寸前の小説家のお姿……』

「だよなあ。そうとしか思えないよな。昨日は全然そんなじゃなかったから、俺、うっかりとんでもない頼み事をしちゃったかも。悪いことした」

『お詫びをするより他はありますまいよ』

「だよな。うわ、焦る。なんか、異様に機嫌がいいのは、あれ、もしかして」

『ランナーズハイならぬ、クリエーターズハイ、なのでは？』

「やっぱいいな」

『やぼうございますね……』

ヒソヒソとそんな話をするうち、熱い緑茶を用意してきた淡海は、やはり青白い顔に満面の笑みを浮かべ、海里の向かいに座った。

「ささ、粗茶オンリーですが、どうぞ」

「ど、どうも。恐縮です。あの、先生……」

とりあえず湯呑みに形ばかり口をつけて茶托に戻し、海里は昨日ほどではないにせよ、座ったまま、ガバッと頭を下げた。

「すいません！　俺、先生がそんなに忙しいなんて気づかずに、余計なお願いを」

だが、淡海は笑顔のままで、即座に答える。

「いや、全然忙しくないよぉ。この前、〆切をクリアしたから、次は来月末までないんだ。今、最高にゆったりスケジュール。どうして？」

「や、だって、先生、滅茶苦茶やつれてますよ。てっきり、今日が〆切とかそんなことじゃないかと」

「ううん。僕はただ、君の朗読イベント用の作品を……」

「選ぶだけでそんなにやつれちゃったんですか⁉　すいません、まさか、そこまで大変だとは。作者なら、簡単かな～なんて、俺、勝手に思い込んじゃってて」

「あ、いやいや」

淡海は片手をヒラヒラさせると、立っていって、続き間のダイニングテーブルの上に置いてあった大判の封筒を手に戻ってきた。

「はい、これ。来週の朗読イベント用だよ」

海里は弾かれるように立ち上がり、両手で恭しく封筒を受け取る。

「ありがとうございます！　ってか、え、薄い。中身、本じゃないんですか？」

「まだ、本にはなってないねえ」

のんびりした調子の返事に、海里は首を捻りながら座り、封筒の中身を引っ張り出してみた。

「え」

出てきたのは、いかにもプリンターで印刷したばかりの、紙の束である。

いちばん上の一枚には、「友情に捧ぐ」とただ一行、印字されていた。

「まだ、本になってないって、まさか先生、これ」

淡海は、してやったりの笑顔で頷き、しょぼつく目を片手で擦った。

「昨日、君が帰ってから、今朝方までかかって、一気に書いた」

今度は、海里の顔が青くなる番である。

「ま、ま、まさか、書き下ろし？　俺の……朗読イベントのために？」

淡海はまた頷く。

「そうだよ。だって君、君にぴったりの中編を選んでくれって言ったろ？　いちばんぴったりなのは、君のために書き下ろした作品に決まってる」

「そ、それはそうですけど、でも」

「ふふ。種明かしをするとね、その中編は、今書こうとしている長編小説の一部を抜粋したものだ。試し書き、といってもいいかな。本当はもっと先に書き始める予定だったんだけど、昨日、君の話を聞いて、いても立ってもいられなくなってしまった。フル回転で書いて、どうにか中編のボリュームに収めたよ」

「試し……書き……？」

「うん。前回、君をモデルに小説を書いて、勝手なことを色々して、君に大迷惑をかけた。そのこと自体は深く反省しているけれど、僕にとって、君はやっぱり書かずにいられない魅力的な題材なんだよ」

「題材ですか？　俺が？」

戸惑う海里に、淡海は真顔になって言葉を継ぐ。

「今度は、君と里中君の関係を、小説にしてみたいと思っている。勿論、ノンフィクションではないよ。君たちの稽古ぶりを傍で見ていて、僕が感じたことを、キャラクターに反映させてみたい」

「ああ、そういう……」

「でもね、五十嵐君。これは僕の勝手な思いで、決して君たちに黙ってことを運んだりしない。それは誰にかけても誓うけど、僕としては、長編小説を書き上げたそのときは、君と里中君が主演で、映画なり舞台なりにしてほしい、そう心から願っている。そんな大事な大事な作品の、ごく一部だ」

「…………」

海里は咄嗟に何も言えず、ただ震える手を励まして、一枚、また一枚とクリップで留められた紙をめくってみた。

朗読を意識してか、敢えて短めの文章で綴られていて、とても読みやすそうだ。

物語は、新人役者ばかりを集めた群像劇のオーディションで、主人公の青年が、生涯の親友、そしてライバルとなるもうひとりの青年に出会うところから始まっていた。

確かに登場人物の名前は、海里にも李英にも少しも似ていない。

ルックスも、二人の容貌を正確に映すような描写はない。

出会いのシーンも、実際の海里と李英の出会いとは、似ても似つかぬシチュエーションだ。

これは確かにフィクションで、海里や李英とは無関係の、二人の若き役者の物語に過ぎない。

それでも、紙を一枚めくるごとに、海里は、主役二人に、自分と李英が歩んで来たこれまでの道のりを、ところどころ重ね、スムーズになぞることができると感じた。

「す、ごい」

思わず漏れた声に、淡海は静かな興奮を帯びた声で語りかける。

「どう？　読めそうかい？　読みたいと思ってくれるかい？」

海里はいったん紙束をまとめ、深い呼吸をひとつしてから、ハッキリと答えた。

「読みたいです。っていうか、他の誰にも読ませたくないです。これは、俺が読む」

決意表明でもあるその答えに、淡海は無邪気な子供のように笑み崩れた。

「やった！　来週は、きっと僕も会場にお邪魔するよ。……イベントの成功を、心から祈ってる。頑張って」

「……ありがとうございます！」

海里は再び立ち上がって、淡海に心からの感謝の言葉を告げ、お辞儀をした。

こみ上げる涙が、絨毯に落ちそうだと思ったそのとき。

『ぶえっく』

ポケットの中のロイドが嗚咽する声が、広いリビングルームにこだまする。

「うわっ」

零れるはずだった感動の涙は、面白いほど素早く、海里の目の奥にしゅるしゅると引っ込んでいったのだった……。

「凄（すご）いじゃないですか！」

それが、翌日の午後、海里から話を聞いた李英の第一声だった。

自分の不運を嘆くことはあっても、拗（す）ねたり、他人を引きずり落とそうなどとは絶対にせず、真っ直ぐに海里を祝福してくれる。

それは、出会った頃から少しも変わらない、李英の魂が持つ美しさと強さ、そして純粋さの発露だ。

海里はむしろいささか後ろめたい気持ちで、鈍く頷（うなず）いた。

「ホントは二人のものって感じなのに、俺だけ先に朗読しちゃって、悪い」

「二人のもの？　どういうことです？」

「淡海先生、これを長編の形で書き上げて出版したら、俺とお前で映画か舞台にしてほしいんだってさ」

海里がそう打ち明けると、今日はベッドの頭のほうを少し立ち上げ、一昨日よりは少しだけ楽そうな李英は、目をまん丸にした。

「何です、それ？　どういう話の流れで……？」

「んー、昨夜、何度も読み返したんだけどさ、これ、役者として切磋琢磨しながら成長していく野郎ふたりの話なんだ」

察しのいい李英は、指先で控えめに海里と自分を順にさす。

「それは、つまり、先輩と、僕ってことですか？」

「あくまでもイメージモデルってことらしいけど。確かに、ストーリー的にもキャラ的にも、別に俺たちに激似だったり、実話エピソードがあったりはしない。けど、淡海先生がそんな風に思って書いてるからか、ベースのベースに俺たちがいる感じがする。なんかこう……いちいち行動の理由がわかるっていうか、感情移入しやすいっていうか」

海里の説明を聞いているうちに、李英の瞳が好奇心に駆られて輝き始める。どうやら、帯状疱疹の症状は、薄紙を剝ぐように改善しているようだ。

「それ、僕も読みたいです」

「と言うと思って、淡海先生の許可を貰ってコピーしてきた。これ、お前の分」

そう言うと、海里はバッグから、淡海の小説のコピーを収めたファイルを取り出し、李英に差し出した。

李英は、点滴中のため片手ではあるが恭しくファイルを受け取り、大事そうに寝間着の胸に抱いた。

「ありがとうございます。痛み止めが効いているあいだに、少しずつ読みます。楽しみだなあ」

「今日は一昨日より楽そうだけど、やっぱ、まだ薬が切れたらだいぶ痛い？」

海里の問いに、李英は困り顔で頷いた。

「ほんの少しマシです。でも、痛み止めが切れたら、まだ寝てても目が覚めるレベルですね。今も、迂闊に頭を動かすと凄く痛みます。あと眩暈も。幸い、今のところは顔面神経麻痺とか難聴とかは出てないんですけど、まだまだ油断できないそうです」

「あー。つらい。早くよくなれ。そんで、元気になったら、今度は二人でその台本と格闘しようぜ。二人がかりで朗読する方法は工夫しなきゃだけど、俺、そろそろ同じ台本の中で、お前と戦ってみたいと思ってるんだ」

それは、さりげなさを装いつつも、海里としてはずいぶん勇気が必要な宣言だった。

何しろ、実際そうなったとき、これまで以上に役者としての力の差を思い知らされ、打ちのめされる確信が海里にはある。

それでも今は、再び李英と二人で競い合いながら、共に前へ進めるかもしれないというワクワク感のほうが、海里の中では大きい。

そんな海里を、少し驚いた様子で見ていた李英の顔に、ゆっくりと、闘志の漲る笑みが広がっていく。

一昨日の海里がしたように、李英は点滴の針が刺さっていない自由な右手をゆっくり上げ、親指を立てて、「望むところだ」の返事に代えたのだった。

火曜日、「ばんめし屋」の営業を終え、後片付けを済ませた海里が、入浴して自室に戻ったのは、午前六時過ぎだった。

「お疲れ様でございます。お布団を敷いておきましたよ」

夏神や海里と行動を共にしているといっても、本体の眼鏡がセルロイド製であるロイドには、入浴はとうてい不可能である。

海里が浴室に行っている間、待つしかないロイドは、退屈しのぎによくこうして寝床を整えていてくれるのだ。

「サンキュ。気が利く眼鏡、サイコーだよ」

「そうでございましょう。もっと褒め称えてくださって、よいのですよ」

「サイコーの上って何？　俺、もっと語彙を増やさなきゃ駄目だな。表現の幅が狭い」

「まことに同意しづらい案件ではございますが……」

「既に同意してるだろ、その言い回し」

布団の上にどすんと腰を下ろした海里は、ペットボトルの水をごくごく飲んでから、寝転がった。

ロイドはそんな海里の枕元で膝を抱えて妙に可愛く座り、ニコニコして海里に訊ねる。

「おやすみになりますか？　カーテンを引きましょうか」

だが海里は、「いや」と返事をした。

「今朝もちょっとだけ読むよ」

寝返りを打ってうつ伏せになった海里は、いつも傍から離さない台本に手を伸ばした。

勿論(もちろん)それは、今週の朗読イベント用に淡海が書き下ろしてくれた例の作品を、読みやすいサイズにコピーしたものだ。

もう何度も読み通し、余白はラインや書き込みで埋め尽くされている。

ロイドは、そんな海里に心配そうに小言を言った。

「海里様。そうやって隙あらばお稽古(けいこ)に励んでおられるのはご立派ですが、確実に睡眠が不足していますよ。睡眠不足は万病のもと、効率も落ちようというものです」

海里は上目遣いにロイドの顔を見て、「わかってるけど」と抗弁した。

「でも、読まないと落ち着かなくて、結局眠れないんだよ。だから、とっとと読んで、納得して寝たほうがいい」

「おやおや。では、お早く」

「急(せ)かすなって」

文句を言いながらも、海里は台本をペラペラとめくり、昨日、通読したとき、特に表現の難しさを感じたページを音読し始める。

稽古となると、きちんと座って読むが、こうしてリラックスした姿勢で小声で読むのも、海里にとっては効果的な練習方法のひとつだ。

リラックスすることで、力まず自然に声を出して、読み方をあれこれと工夫する前のベースを作ることができる。

そんな海里を優しく見守っていたロイドは、ぽつりと呟いた。

「別れ、そして新たな挑戦。まことに春らしゅうございますね」

それを聞き咎め、海里は台本から視線を上げる。

「新たな挑戦はこれだろ？　別れって何？　誰か別れんの？」

うっかり夏神のことを口に出してしまったのに気づいて、ロイドはギョッとしたが、すぐに笑顔を取り繕った。

「いえ、一般論でございますよ。春はそのような季節、と」

「まあ、そうだよな。卒業ソングの季節でもあるし。第二ボタンだの、桜吹雪だの、また会おうだの、もう会えないだの」

台本に気を取られている海里は、深く追及することはせず、そんなことを言いながら、また視線を読むべき文章に戻してしまう。

「はい。この眼鏡にとりましては、人の心の美しさをより強く、深く感じる季節でございます」

ふうん、と気のない返事をして、海里はブツブツと音読を再開する。

普段からロマンチストなロイドなので、彼が詩的な発言をするのに、海里はすっかり慣れっこになってしまっているのである。

どうにか誤魔化すことに成功したロイドは、ホッと胸を撫で下ろした。そして、「十五分したら、カーテンを引きますよ」と、放っておけばいつまでも稽古を続けてしまいそうな主に、やんわりと釘を刺した……。

＊　＊

そして、ついに、運命の水曜日が来た。

海里が、ひとりで「シェ・ストラトス」の舞台に立ち、淡海五朗が彼のために徹夜で書き下ろしてくれた、彼と李英のための小説を朗読する日だ。

昼過ぎ、夏神が厨房で仕込み作業に入ると、ほどなくロイドを伴って海里がやってきた。

いつものように、昼だが朝の挨拶をし、流れるように仕事を始める。

テーブルと椅子、調味料入れ、そしてカウンターの上の拭き掃除を担当するロイドは、海里が冷蔵庫を開けている隙に、厨房の中にいる夏神に、目配せした。

夏神がそれに気づいて「なんや？」と声を出さずに唇の動きだけで問いかけると、ロイドは自分の胸をさすり、みぞおちを押さえるような仕草をしてみせる。

どうやらそれは、海里の緊張っぷりを表現しているらしい。

夏神は思わず笑い出しそうになり、危ういところで踏みとどまって、海里のほうをチラと見た。

「夏神さーん、今日の下拵え、何からやる？　俺、出掛ける前にやれることはできるだけやっていくからさ。何でも言ってよ。とりあえず、コールスローからでいい？」

夏神の返事を待たず、海里はキャベツを取って冷蔵庫を閉めた。夏神は、広い肩を軽く竦める。

「おう、ええよ。今日は、主菜は煮豚と煮卵やからな。昨日のうちに煮てあるから、そっちは温め直して出したらええだけや」

「それもそうか。じゃ、キャベツから。ロイド、人参、スライサーでやっつける仕事、お前に置いとく？」

海里に仕事を振られて、布巾でテーブルを丁寧に拭いていたロイドは、明るい声を上げる。

「是非とも！　拭き終えたら、そちらのお仕事にかかります」

「了解」

快活に返事をしてキャベツを調理台に置くと、海里は愛用のエプロンを着け、手を洗う。

そんな海里の横顔を見て、夏神は思わず口元を緩めた。

いつも以上に活気に溢れている声とは裏腹に、海里の表情が、どうしようもなく硬いのだ。

「緊張しとるなあ」

敢えて包まず率直に指摘した夏神に、海里はたちまち整った顔を真っ赤にした。

「そ、そりゃそうだよ！」

「そらそうか。そやな」

ははと愉快そうに笑う夏神を、海里は恨めしそうに見た。

「何だよ、こんなちっちゃいチャレンジでビビりまくってて、情けないとか？　でも、俺にとっては、これは超ビッグな試練なんだからな！」

ムキになって言い張る海里を、夏神は両手を軽く上げて宥めようとする。

「それはわかっとる。俺が笑うたんは、お前のことやない。昔の俺のことや。師匠の言葉を思いだした」

夏神の師匠といえば、大阪の下町で「へんこ亭」という洋食店を経営していた、亡き船倉和夫のことである。

海里は憤りをすぐに引っ込め、キャベツを千切りにし始めながら、興味津々で夏神に訊ねた。

「船倉さんの？　どんな？」

夏神も、フライパンを火にかけ、卵を溶いて薄焼き卵を作りながら話を始めた。

「俺が『へんこ亭』から独立して、この店開くときにな。自分で決めたことやのに、俺、今のイガくらい、いやもっと派手にビビっとった。ほしたら師匠が、『ええか留二。何かが怖いと思うて心底ビビるんは、お前がちったぁ賢うなった証拠や。喜べ』って言いはってなあ」

海里は、不思議そうに眉をひそめる。

「ちょっと意味がわかんないな。なんで?」

「俺もわからんかった。けど、師匠が言わはったんや。なんも見えとらんうちは、なんも怖ぁないて。けど、色んな人に会うて、色んなもんを見て、色んなことを知って。それで初めて、怖いもん、怖くないもんの区別がつくようになる。怖いもんが増えてくる」

海里は、とんとんとリズムよくキャベツを刻みながら、大きく頷いた。

「……あー! なるほど。『怖いもの知らず』って言葉、あるもんな」

「せやせや。『怖がることを知って半人前、怖がりながら楽しめるようになったら、やっと一人前や』……そんな師匠の言葉が、やっとわかるようになってきた気ぃがすんねん」

「つまり、俺は今、やっと半人前になったってことか」

「そういうこっちゃな。まだまだ賢うなる余地があるっちゅうことでもある」

そう言ってニヤッとした夏神は、海里と壁の時計を交互に見た。

「それはそうとお前、今日は何時に出るんや?」

すると海里も、チラと時計を見上げて答えた。

「んー、あと一時間くらい仕事したら、出ようかと思う。今日はさすがに、『シェ・ストラトス』に入る前に、淡海先生んちの稽古場で、少なくとも一回は通し読みがしたいんだ。いい？」

夏神は、即座に快諾する。

「当然や。ちゅうか、それやったら、今からちょっとした景気づけの昼飯を作ったろ。この時間帯に軽う食うくらいやったら、朗読の邪魔にはならんやろ？」

いつも、海里が「満腹だと声が上手く出ない」と言っているので、夏神はそんな風に気を遣ってくれているのだろう。そう気づいた海里は、「マジで？」と笑顔になった。

正直なところ、緊張のあまり食欲など感じる余裕はないが、確かに、昼食は食べておいたほうが、朗読中に腹が鳴るような無様なことにならずに済むだろう。

「景気づけの昼飯って、何？」

興味を惹かれて海里が訊ねると、夏神は「まあ、まかしとき」と胸をどんと叩いた。

「楽しみでございますね！」

大急ぎであちこち拭き終えたロイドが、疾風のように厨房に戻ってきて、お相伴の意思表示をする。

夏神と海里は、顔を見合わせ、同時に噴き出した。

「素麺……？」

海里とロイドが日替わり定食の仕込み作業を進めるその横で、夏神は「景気づけの昼飯」を作っていく。

素麺を茹で、いちばん大きなフライパンで出汁を引く傍ら、油の鍋を火にかけた彼は、何と、冷蔵庫から処理済みの鯛を一尾取り出した。

海里は、驚いて目を瞠る。

「いつの間に、そんなの用意してたの？」

「今朝、食材と一緒に配達してもろたんや。小さいけど、尾頭付きやで。なんせ、景気づけの飯やからな」

「前もってお祝い感出しすぎだよ。プレッシャー感じちゃうなあ。絶対失敗できないじゃん、俺」

嘆きながらも、海里の表情が少しずつ和らいでくる。

「この一週間、ずっと努力してこられたのです。失敗するはずがございませんよ」

ロイドはそう言って海里を力づけようとしたが、夏神は鯛の身に幾筋か切り込みを入れ、片栗粉を軽くはたきながらアッサリ言った。

「失敗は誰でもする。どんだけ努力しても、準備しても、失敗するときはする。それを恐れとったら、挑戦なんかできへん」

「けど、お客さんからお金貰って朗読するのに、失敗したら……」

「失敗したら、謝るしかあれへん。その上で、失敗を糧に、次はもっと上手うなる。逆に、上手いったと簡単に思うてしもたら、そっから上に行くきっかけを失ったっちゅうことやと思え」

力強い口調でそう言いながら、夏神は、片栗粉をまぶした鯛を、そのまま油の中に入れてしまう。

「うわっ、ダイナミック！」

「素晴らしい！　見ているだけで、この眼鏡にも力が漲るようでございます」

思わず歓声を上げる海里とロイドに、夏神は得意げに胸を張った。

「絶対に力がつく飯や。俺が店を出て行くその日に、師匠が作ってくれはった思い出の味やねん。験担ぎの飯やな！」

そう説明しながら、夏神は鯛をカラリと揚げ、それをフライパンに作った濃い目の出汁で煮る。

いったいどんな料理になるのかワクワクしつつ、海里とロイドはそれぞれ野菜を刻んで合わせ、大量のコールスローを完成させた。

夕方まで冷蔵庫で寝かせることで、調味料と細切り野菜の味が馴染み、ちょうどよくなるはずだ。

一方の夏神は、滅多に使わない有田焼の大皿を取り出し、まずは周囲に、二口分ずつくらいにまとめた素麺を、ケーキの上の生クリームのようにちょんちょんと愛らしく並べた。それから、煮た鯛を皿の中央にどんと置き、鯛と素麺があらかた浸るように、煮汁をたっぷりと注ぐ。

仕上げに、錦糸卵と刻み葱を散らせば、迫力満点のご馳走、「鯛そうめん」の出来上がりである。

その大皿をテーブルに運び、三人は「景気づけの昼飯」を惚れ惚れと眺めた。

「俺、これスマフォのロック画面の壁紙にするわ」

そう言って、海里はスマートフォンを取り出し、ご馳走の写真を撮影した。

夏神は、素麺と鯛の身をそれぞれの椀に取り分けてやりながら、「これ食うたら、たちまちモリモリに元気が出るで」と笑った。

海里も、ゴクリと生唾を呑み込む。

「俺、ここ三日ほどは、食欲なんか死滅してたのに。今、嘘みたいに食う気まんまんだよ」

「そうでないとアカン。しっかり食わんと、ええ仕事はできへんで。ほい」

夏神は、まずは海里、次いでロイドに椀を差し出し、最後に自分の分をよそった。

「ほな、いただきます」

「いただきます！」

「頂戴致します！」

三人はくちぐちに挨拶をし、まずは素麺を啜った。

揚げた鯛の風味が移った出汁は、少し濃い目の甘めで、つるりとした食感の素麺によく馴染む。

敢えて短時間、ぐらりと煮るに止めた鯛は、出汁が中まで染み透ってはおらず、それだけに、本来の淡泊な味わいを楽しむことができる。

錦糸卵や葱が、控えめながら、いいアクセントだ。

「……ありがと、夏神さん。なんか、中から身体が温まって、すげえ落ち着いた。緊張しないはずはないけど、思ってたより落ち着いてやれそう」

海里がそう言うと、夏神は満足げに頷いた。

「この料理、思い出してよかったわ。師匠に感謝やな。……そうや、イガ」

「ん？」

「お前に負けんように、俺も挑戦するで」

急にそんなことを言い出した夏神を、海里もロイドも不思議そうに見る。

「挑戦とは、夏神様はいったいどのような……？」

すると夏神は、何かが吹っ切れたような表情で答えた。

「そら、俺の挑戦言うたら、『ひるめし屋』やないか」

あー、と海里とロイドは同時に納得の声を上げる。

「何か、いいアイデアが浮かんだわけ？」

海里の問いかけに、夏神は頷いた。

「夜の日替わり定食で出さん料理を、『ひるめし屋』で出したい」

「っていうと？」

「サンドイッチ、パスタ、オムライス、あと、たまには、ちょっと手ぇかかる洋食」

ロイドは、彫りの深い顔を子供のようにほころばせ、パチパチと拍手する。

「それはようございますね！　週末の、浮かれ気分の方々によく合うでしょうし、夜の常連さんたちにも、興味を持っていただけそうではありませんか」

海里も、大乗り気で同意する。

「いいね。つまり、夏神さんが『へんこ亭』で磨いた洋食の腕も振るっちゃうわけだ！」

「言うても、これから磨くんやけどな。そやからこその、挑戦や」

「いいんじゃない？　俺も、夏神さんから洋食を教わりたいし、何より、お互い挑戦だってのがいいね！」

「おう」

「ええ……で、では、わたしも何か」

盛り上がる二人に置いていかれまいと、ロイドも慌てて身を乗り出す。海里は、面白そうにロイドを見た。

「お前は何に挑戦すんの？」

「そ、そうでございますね。では、あつあつのラーメンを食べられるように……」

「やめとき」

「溶けるだろ！」

幸か不幸か、眼鏡の挑戦は、夏神と海里の二人がかりでにべもなく、即座に却下されたのだった……。

　それから一時間あまり後。

「夏神さん、マジでありがとう。そんで、また迷惑かけちゃうけど、行かせてもらいます。必ず、この埋め合わせはするから。その……どうやってするかは、ちゃんと考えるから！」

　身支度を整え、舞台衣装と台本を詰め込んだ大きなバッグを肩から下げて階下に戻ってきた海里は、再び緊張の面持ちで、夏神に挨拶をした。

　厨房から出て来た夏神は、むしろうんざりした顔で海里を叱りつける。

「アホ。いっぺんでも、お前が朗読の仕事に時間使うんを、俺が迷惑がったか？　俺はむしろ、喜んどる。それを迷惑とか言うてくれるなや。ええか、お前が真剣に朗読と向き合う限り、それを見守るんは俺の道楽やと思え」

「道楽……？」

「そや。お前がしゃかりきに頑張っとる姿を見るんが、俺の道楽や。趣味は弟子、っちゅうやつやな」

　そう言うと、夏神は照れ臭そうにいつもの無骨な笑顔になり、海里の両肩を強めに叩いた。

「肩がガッチガチやぞ。そんなんではええ仕事はできん。無理にでもリラックスして、意地でも楽しんでこい。俺は店があるから聞きに行かれへんけど……ほい」

海里のジャケットの胸ポケットに、夏神はセルロイド製の眼鏡……つまり、元の姿に戻ったロイドを差し入れる。

海里は、驚いて「えっ？」と、ポケットに収まったロイドと、夏神を交互に見た。

「いや、でも、ロイドがいないと、店が大変……」

「そのための、煮豚・煮卵やないか。手ぇ回らん分、今日はうんと食材のランクを上げとる。……俺がロイドに頼んだんや。俺の代わりに、イガの晴れ姿を見届けてくれて」

「夏神さん……」

「お前の報告だけやったら、たぶんただの反省会になるからな。そんなん聞いても、おもんない。今日の朗読イベントの感想は、ロイドに聞かしてもらう。退院がギリギリ間に合わんかった里中君かて、ロイドから話を聞いたほうが、絶対楽しいやろから」

『お任せくださいませ！　この眼鏡、渾身の現地レポートをお届け致しますよ！』

海里の胸ポケットの中から、ロイドも弾んだ声を出す。

「ロイドがおったほうが、お前もリラックスできるん違うか？」

夏神の指摘に、海里は少しぎこちなく、それでも笑顔を作って頷いた。

「正直、昨夜からずーっと心臓バクバクしてんだけど、確かに、ロイドが喋るたびに、俺の緊張がちょっとずつ解ける気がする。よーし、俺のメンタルケアも頼んだぜ、相棒」

『そちらもお任せあれ！　このロイド、鋼鉄の平常心で、主をお支え致しますよ』

「自分で言うかな、それ。……とにかく、行ってきます！」

「おう。笑って帰って来いよ」

夏神はもう一度、今度は海里の背中をバンと叩いて、「ばんめし屋」から送り出した。

海里が店を出て行くそのとき、ポケットの中から、ロイドが『ご存分に』と夏神に短く声をかけたのに、海里は気づかなかった。

だが、夏神は静かに「おう」と応じ、青天のもと、川沿いの道を元気に歩いていく海里の背中を見送った。


いつも賑やかな海里とロイドが揃っていなくなると、店はたちまちしんと静まりかえる。準備中で客がいないこともあって、まるで遺跡の中にいるように、夏神には感じられた。

しかし、そんな感覚も、束の間のことだ。

『留ちゃん』

耳慣れた声に、夏神は普段は開店準備中も開けたままにしている入り口の鍵を、さりげなく閉めた。

今からしばらくは、絶対に誰にも邪魔されたくない。

ロイドにも、無論、彼が海里の舞台を見たがっていることを知っていたからではあるが、敢えて外出してもらったのだ。

夏神は、引き戸を睨んで大きな深呼吸をひとつしてから、踵を返した。

「おう、出てきたか」

平静を装って声をかけた夏神の視線の先……カウンター席のひとつに、香苗が座っている。半ば透けていることを除けば、生前とまったく変わらぬ自然な姿だ。

『ええ子やね。そんで、ええ眼鏡さんやね』

夏神の中で、一連のやりとりを見守っていた香苗は、微笑ましそうにそう言った。夏神も、笑顔で頷く。

「ロイドは掛け値無しにええ奴やし、イガもええ弟子やろ。俺には勿体ない」

『そんなことないよ。留ちゃん、ええ師匠ぶりやった。私、留ちゃんの中で、鼻高々やったで』

「なんやそれ。おだてても、何も出えへんぞ」

夏神も椅子を引き、香苗の隣に腰を下ろす。椅子を少し香苗のほうに向けているので、微妙に向かい合った状態で、夏神は静かに言った。

「俺ん中におるお前の気配が、毎日ちょっとずつ薄うなる。初めての経験でも、何とのうわかるな。もう、行かなあかんねんな」

香苗は、静かに頷いた。

『私も幽霊になるんは初めての経験やけど、自分でもわかるわ。そろそろ消えてしまうんやね、私。留ちゃんに会えて、話ができて、今、留ちゃんがどんな風に暮らしてるかを知れて、もう、思い残すことはあれへんもん。そら消えるわ』

あはは、と屈託なく笑って、香苗は夏神に囁くようにねだった。

『留ちゃん。私にも、最後に美味しいもん、作って』

だが、夏神は子供のように首をブンブンと横に振る。

「……いやや」

『ケチやな！　なんでよ』

「作ったら……それ食わしたら、お前、行ってしまうやないか」

『留ちゃんが、もう行かなあかんねんなって、言うたばっかしやで？』

「ガキみたいなこと言うとるけど、嫌や。ようやっと、妹さんが身の内におったときの、淡海先生の気持ちがわかった。誰よりも好きで大事な奴と、一つの身体を分けあって、どんなときも一緒におる。そんな幸せなことはあれへん。……あれへんから、お前が消えたあとの自分が怖い。何日もかけて覚悟したつもりやったけど、全然や」

あまりにも正直な夏神の弱音に、香苗はおどけた口調で言い返した。

『ほんまに留ちゃんは、ココイチあかん子やなあ。オッサンになっても、そこは全然変わらへん。さっきはあんなに頼もしい師匠やったのに』

「あれは、半分フリや。俺には、イガの背中をちょいと押したることしかできんからな」

『そうしてくれる大人が傍におるんは、あの子にとって何よりええことよ。けど、ひとつだけ、説教臭いこと言うてもええ？　最後やし』

「最後とかあんまし言わんでくれ。もう泣きそうや。……けど、何や？」

本当にギョロ目を早くも赤くしながら、夏神は先を促す。

香苗は背筋をピンと伸ばし、まっすぐ夏神のその潤んだ双眸を見つめて言った。

『留ちゃんは、責任感が強いからなあ。あの雪山でそうしたみたいに、今も、何でも背負おうとするし、誰でも助けようとするやろ。スーパーマンやないねんから、そんなんは、どだい無理やねんで？　スーパーマンかて無理やわ』

香苗らしい温かくも厳しい「説教」に軽口で応じる余裕はなく、夏神はガックリと肩を落とす。

「それはわかっとる。お前のことも、他のみんなのことも、誰ひとり助けられへんかったもんな」

するとと香苗は、憤慨して両手を腰に当てた。

『あんなあ。いつまでそれ言うん。ええ加減にしいや。あんな酷い状況で、留ちゃん、みんなのために命懸けで助けを呼びに行ってくれたんやで？　しくじって当たり前やん。たまさかあんときは、留ちゃんが助かって、私らが死んだだけで、もしかしたら逆やったかもしれへん』

「……それは、もしかしたらの話や」

『十分にありえた「もしかしたら」やん。留ちゃんが途中で力尽きて、大人しく体力を温存しとった私らが助かったかもしれへんやろ』

「それは……まあ」

『人間なんやから、どうにもできへんことは、きっとこれからも山ほどある。そんとき、いちいち全部自分のせいやと思うたらあかん。絶対に、それはあかんよ』

香苗が発する強い叱責には、同時に温かな思いやりがこもっていて、しょんぼりと聞いている夏神の両目で、いよいよ涙と表面張力の戦いが本格化する。

『留ちゃんは、他の人を大事にするんと同じだけ、自分を大事にすることも覚えなあかん。これまで、誰がどんだけ留ちゃんを責めたんやとしても、今、そんな悪い言葉は、私が全部はねのける。全部抱えて持っていく。そやから、留ちゃんはもう、重たい荷物は下ろしてええねん。ちょんちょん跳ねて、バカ笑いして、うんと幸せになったらええねん』

大粒の涙が、自分の膝をいつしか握り締めていた夏神の手の甲に落ちる。

一滴落ちたら、あとはもう止まらない。

押し殺した嗚咽と共に、まるで雨のように、俯いた夏神の目から、大粒の涙が零れ続ける。

そんな夏神の頬に、香苗の手のひらが、そっと触れた。

もはや肉体を失った彼女である。実際に触れることなどできないはずだったその手の柔らかさと温かさを、夏神は確かに感じた。

「香苗、お前」

『最後の最後に、神様がちょっとだけ奇跡をくれたんかな。それとも、留ちゃんの涙が、魔法をかけてくれたんかな。今、私、留ちゃんに触れたね』

「おう。覚えとる。これは確かに、お前の手ぇや。前に、旅行行って、陶芸体験で轆轤回しとる最中に『ゴミついてる』言うて俺の顔に触って、俺を泥だらけにしたお前の手ぇや」

『それが、ベショベショに感動泣きしてる最中に思い出すエピソードか！　ほんまにもう、留ちゃんらしいわ』

そう言うと香苗は立ち上がり、椅子に座ったままの夏神に、まるで我が子を抱く母のようにふわりと腕を回した。

『そう長いことやないやろけど、ハグもできた！』

「…………」

いかにも恐る恐る、夏神の太い両腕も、香苗のウエストに回される。

「お前やなあ」

『私やで。……ああ、ほんまに思い残すこと、あと一つだけやわ』

「あと、一つ？」

香苗の身体に顔を押し当てたまま、夏神は問いかける。

『さっきの話。最後に、留ちゃんの手料理、私も食べたい。そやなあ、あれがええな。初めて留ちゃんの下宿に泊まったとき、朝に留ちゃんが作ってくれた……』

「ええよ」

名残惜しく、それでも自分を叱咤して、夏神は香苗から離れた。

彼女に残された時間があと僅かであることは、彼女をしばらく身の内に宿していた夏神にも、痛いほどわかっている。

いつまでも一緒にいたい、離れたくないという思いを引きずって、この大切な時間を無駄にしたくはないのだ。

「待っとれ」

前腕でグイと涙に汚れた顔を拭うと、夏神は大股に厨房に入った。

冷蔵庫から食材を取りだし、調理台に並べ、手を洗う。

どんなに気持ちが乱れていたとしても、「戦場」に立つと、夏神の顔はスッと引き締まる。

「そやけど、こんなもんでええんか？　店開けるまではまだ時間あんのやし、お前のためやったら、もっとこう、腕によりをかけて、凝ったもんを……」

卵をボウルに割りほぐしながら、夏神はいささか物足りなそうにそんなことを言う。

だが香苗は、カウンター席に両手で頬杖を突き、調理中の夏神の姿を惚れ惚れと眺めながら答えた。

『ええの。あのとき、なんや恥ずかしいしドキドキするし、でもお腹は減るしで、台所に立っとる留ちゃんが、世界一の男前に見えたんよ』

「あんときだけかい」

『それから今までずーっと。あの朝に作ったごはん、覚えててくれたんやね』

「当たり前や。お前に関しては、忘れてええ記憶なんかいっこもあれへん」

海里とロイドがいたら、絶対にヒューヒューとはやしてからかったであろう台詞も、二人きりの今なら、照れ屋の夏神も口にすることができる。

「ホンマは四枚切りがよかったけど、今日は五枚切りしかあれへんな」

少し残念そうに、夏神は食パンを二枚取り出し、トースターに入れた。

そしてフライパンに油を引いて火にかけ、その間にハムを刻み、水煮コーン、粉チーズ、ちょっぴりの牛乳と共に、溶き卵に混ぜ込んだ。粗挽きの胡椒も、控えめに振っておく。

十分に熱くなったフライパンに卵液を入れると、ジャッと小気味のよい音がした。

たちまち固まり始める卵液を菜箸で大きく混ぜてから、手早く食パンより僅かに小さな四角い形のオムレツにまとめ、こんがり焼けたトーストの上に載せて、たっぷりとケチャップを絞る。

それこそが若い日、まだ料理など簡単な自炊程度の腕前だった夏神が、初めて共に夜を明かした恋人のために作った心づくしの朝食だった。

今の夏神にとっては、手遊びにも等しい素朴すぎる料理だが、それでも彼は、細心の注意を払い、これ以上ないほど心を込めて調理をした。

今、プロの料理人である夏神は「せめて青みの野菜を添えたい」と胸の奥で訴えているが、それをぐっと黙らせ、パンとオムレツだけで皿の上の風景を完結させる。

「あの頃よりは、千倍くらい上手う作ったと思うで。特に、卵の火の通し方は」

そう言って、夏神はオープンサンドイッチとも呼ぶべきそれが載った皿を、香苗と自分の前にそれぞれ置いた。

香苗は、オープンサンドイッチと夏神の顔を幾度も交互に見て、『わー』と感嘆の声を上げた。

『私の記憶にある奴より、遥かに美味しそう。腕上げたなあ、留ちゃん』

「当たり前や。今はプロやぞ」

『月日の流れを感じるわ～。いただきます！』

「召し上がれ！」

ごく自然にあの朝と同じやりとりをして、香苗はそろそろとオープンサンドイッチに触れる。

『やった、触れた！　あとはガブリができるかどうか、やな』

とろとろのオムレツを落とさないよう、両手で分厚い食パンを慎重に持ち上げた香苗は、呆れるほど大きな口を開け、食パンとオムレツを一緒に頬張った。

ハラハラして見ていた夏神も、見事な歯形のついたオープンサンドイッチを見て、ホッと胸を撫で下ろす。

「食えたな！　どや？」

『はいほー』

「……七人の小人か？」

もぐもぐと輪郭線が下ぶくれになるほど大胆な咀嚼をしばらくしてから、香苗はようやくまともな言葉を口にした。

『違うわ。サイコー、て言うたん。留ちゃんも食べて』

「ほな、いただきます」

夏神も、負けじと大口でオープンサンドイッチを頬張る。

あの朝のオムレツは、外側は焦げ、芯までガッチリ火が入ってカチカチだったが、それに比べれば、格段の進歩だ。

「旨い」

満足げに夏神が唸ると、香苗は両手で食パンを持ったまま、寂しく微笑んだ。

『ホンマに、時の流れを感じるわ。私がお墓で寝てる間に、留ちゃんはすくすく成長しとったんやね』

「すくすくて。老けただけやろ」

『ううん、留ちゃんは成長して、立派な大人になった。老けたのは、まあ老けたけどな』

　悪戯っぽく笑った彼女は、小さく嘆息した。

『一緒に生きられとったら、私も一緒に老けられたんやな。私、どんなおばさんになる予定やったんやろ』

「きっと、お前は変わらん」

『変わらんわけないやんか！　それは私に夢見すぎやで、留ちゃん』

「変わらんよ。お前は、お前や。一緒に生きられんようになったんは残念……いや、そないな言葉では表現できん。心がちぎれて戻ってこんくらいの気持ちやけど、生きとるときのお前も、死んでからのお前も、俺には少しも変わらんと、ピカピカのお日さんみたいや」

『留ちゃん……』

「おばさんになろうが婆さんになろうが、お前はきっと、ずーっと俺のお日さんのままやったやろ。つまり、今と同じや」

『……喋りも上達しとる！　そらそうやな、定食屋のマスターやもんな』

　やや悔しそうにそう言って、もう一口オープンサンドイッチを味わった香苗は、皿に食パンを置いて、両手を腿の上で揃えた。

　改まった気配に、夏神も厨房の中で思わず姿勢を正す。

『あんな、留ちゃん。私の時間はもう前へは動かへんけど、留ちゃんのは違う。生きてるうちに、ええ人に出会えるかもしれん。そん時には、躊躇ったらあかんよ。私を、その人を好きにならん理由にするんはやめてな』

香苗は真摯な口調でそう言ったが、夏神は軽く受け流そうとした。

「そないな人は出来んて」

だが、香苗は少しも引かなかった。

『わからんよ。人生、何が起こるかわからへん。ぶっちゃけ、私が死んだ後、だーれもおらんかったわけやないやろ？』

ぐむ、と奇妙な音が、夏神の喉から漏れる。

「まあ……その、お前が死んで、心がぐっちゃぐちゃになってた頃に知り合うて、支えてもろた人は……おった。けど、ちょっとの間やで？」

『言い訳せんでええよ。生きとったら、誰かを好きになるんは、当たり前のことやもん。素敵なことやもん。留ちゃん、こんなにかっこええのやし、元カノとしては、モテてほしいわ』

そんな香苗の言葉に、夏神は素直にムッとした表情になる。

「アホ。勝手に元カノになるな。お前は今も、俺の彼女や」

『嬉しいなあ。でも、そういうとこよ、留ちゃんがモテそうなんは』

香苗は屈託なく笑って、それでも少し寂しそうにこう付け加えた。

『もし……もし、留ちゃんにこの先、いい人ができんまま死んだら』

「……おう？」

『私、あの世の入り口まで迎えに出たげるからな。安心して来てな』

そんな可愛い予告に、夏神は腫れぼったい目を細める。

「おう、頼むわ。その日が楽しみや」

『私も。そやけど、その日はうんと遠い将来でええよ。かっこええお爺ちゃんになってから来て』

「香苗……」

『一緒におれんようになっても、私の、留ちゃんを大好きな気持ちはずっと一緒におるよ。留ちゃんの中に、どーんと置いていくから。代わりに私は、留ちゃんの私のこと大ッ好きな気持ち、根こそぎ抱えて持っていくねん』

すると夏神は、ニヤッと笑って言葉を返した。

「アホ。根こそぎは無理や」

『なんで！』

「お前のほっそい腕では抱え切れんボリュームやからな、俺の『大ッ好き』は」

『うわ、恥ずかし』

「やかましいわ」

まるで香苗が生きていた頃、二人ともがうんと若かった頃のようにくだらないやり取りをして、夏神と香苗は笑い合う。

だが、そのとき。

『あ、そろそろやな。思い残し、なくなってしもたもんね』

そう言って、香苗は自分の両手を持ち上げてみた。

なるほど、さっきとは比べものにならないほど、香苗の姿が急速に薄くなっていく。

「香苗！」

夏神は思わずカウンターに片手をついて身を乗り出した。

だが、思いきり伸ばした手は、同じように差し伸べた香苗の手を突き抜けてしまう。

もう、触れることは二度と叶わないのだ、と夏神は悟った。

「行くんやな」

『うん。……またな、留ちゃん』

「おう、またな！　次に会うときの俺は、世界一かっこいいジジイやぞ」

『楽しみにしてる』

恋人のとびきりの笑顔が、ほっそりした全身が、夏神の目の前でみるみる薄れて消えていく。あとに残されたのは、大胆な歯形が二ついたオープンサンドイッチだけだ。

「……また、な」

あまりにも香苗らしいその奔放な置き土産に、夏神は微笑んだ。

そして、「残りは俺が食うで！」と空に向かって呼びかけると、二人分のオープンサンドイッチを笑い泣きしながら平らげたのだった……。

開演前の客席の喧騒が、何故か今夜はひときわ大きく聞こえる。

あの人々は、自分が舞台に出ていったとき、静かになってくれるだろうか。

もし、朗読を始めても、誰も耳を傾けてくれなかったら……。

途中で飽きたりガッカリしたりして、あんな風にざわめかれてしまったら、どうしよう。

とりとめもない不安が次から次へとこみ上げて、楽屋のスツールに腰掛けた海里は、この十分ほどで何度目かもうわからない溜め息をついた。

開演まで、あと五分。

ギリギリまで台本を読もうと思うのに、どうにも手の震えが止まらず、ページが上手くめくれない。

水を飲んでも飲んでも喉がカラカラになって、今にも咳き込みそうで怖い。

さすがに見かねたのか、ずっと眼鏡のままでいたロイドが、人間の姿になり、海里の向かいのスツールに腰掛ける。

「海里様。落ち着きがなさすぎますよ。もっとどーんと構えて、リラックスなさいませ。夏神様も、そう仰せでしたでしょう？」

ロイドに笑顔で顔を覗き込まれ、子供を諭すような口調で窘められて、海里は「わかってるけど！」と膨れっ面になった。

「わかってるけど、悪い想像ばっかり湧いてくるんだよ」

「悪い想像とは?」

「ガチの常連さんは、倉持さんの朗読で耳が肥えてる。新しく来てくれた李英のファンも、李英の朗読を知ってる。今も俺のファンでいてくれる人たちは……まあ、俺がヘボなのはわかってると思うけど、それでも、改めてガッカリさせたくはないだろ、わざわざ来てくれてるのに」

「ですから、一生懸命におやりになればよいではありませんか」

「一生懸命やって、しくじったらどうしようって思うんだよ。夏神さんは失敗しても仕方ない、それを教訓に次頑張れ、みたいに言ってくれたし、そりゃそうだって思うけど、一期一会って言葉もあるだろ。初回でガッカリしたら、二度目はない人だって」

「おやおや」

呆れた様子で、それでもロイドは、不安に怯える主の膝を、ポンポンと優しく叩いた。

「さすが師弟、夏神様と海里様は、変なところでよく似ていらっしゃる」

思わぬ指摘に、海里は目をパチパチさせる。ロイドは、いつもと変わらないおっとりした口調で言った。

「他人を励ますのはお上手ですのに、ご自分を鼓舞することが不得手でいらっしゃるところが、そっくりです。ここは、わたしの出番ですね」

「………?」

ロイドはスツールに浅く座り直すと、両手を伸ばし、海里の頬を軽く摑んだ。

「あだだ」

「うにうにうに……」

謎のかけ声と共に、ロイドは海里の強張った頬を揉みほぐし始める。

「おい、何して……」

「舞台の上で、海里様が最高の笑顔をお見せになれるように。海里様の笑顔は、季節を問わず咲き誇るひまわりのように明るく、魅力的です。それさえご披露できれば、『ツカミはオッケー！』というやつでございますよ！」

「ブフッ」

端正な佇まいの英国紳士に頬を揉まれているという謎の事態に加えて、「ツカミはオッケー！」などという、それこそ英国紳士がとても言いそうでない台詞が飛び出したものだから、海里はつい噴きだしてしまう。

「ほうら、さっそく効果が出ましたよ」

ロイドは自慢げにそう言って、ようやく手を離し、自分も笑みを深くした。

「お忘れになってはいけません。海里様は今宵、立派なプロのエンターテイナーでいらっしゃいます。まずは、お客様に感謝し、歓迎しなくては。お客様がくつろいでイベントをお楽しみになれるよう、よき空気を作るのが、海里様の最初のお仕事でございましょう。それには、笑顔がいちばんです」

ロイドの言葉は、温かな励ましであり、同時に厳しい叱咤でもある。

お前はプロなのに、発表会で緊張する子供のようなメンタリティでどうするのだとやんわり叱られて、海里の腹にぐっと力がこもる。

そのとき、化粧台の上に置かれた海里のスマートフォンが、メッセージの着信を告げた。

「ん？」

手に取ってみると、表示されているのは、「ガンバレ！」とガッツポーズをする熊のスタンプである。

「李英からだ。……めちゃくちゃ簡潔に励まされた」

液晶画面をロイドに見せる海里の顔には、さっきとは打って変わって、いつもの彼らしい笑みが浮かんでいる。

「ほらね。今はこのロイドしかお傍におりませんが、きっと『ばんめし屋』で、夏神様も、海里様に想いを寄せておいでです。李英様も、病院から。海里様は、ひとりぼっちではありませんよ。たとえ舞台の上でひとりでも、海里様を応援する皆様の想いが、海里様を包んで、守っております。安心して、お出ましなさい。ああ、わたしのことは、保護者としてお連れいただいて結構ですよ」

ロイドはそう言いながら、海里を立たせ、ワイシャツのシワを伸ばし、ネクタイの結び目を整え、上着を着せた。

いつもはもう少しカジュアルな服装を選ぶが、今夜は言うなれば、海里の二度目のデビュー公演のようなものだ。

朗読をするにはいささか息苦しいが、海里は敢えて、一張羅のスーツを衣装に選んだのである。

「五十嵐くーん、そろそろ出番です。お願いします」

楽屋のドアがノックされ、マスターの砂山の声が、扉の外から聞こえる。

「お願いします！」

返事をして、海里はロイドを見た。

「嬉しいけど、ひとりで行く。お前がいたらきっと凄く心強いけど、そこは甘えちゃダメなところだと思うから。ここで、俺の朗読、聞いててくれよ」

「かしこまりました。よいご決断です。……頑張って」

そう言うが早いか、ロイドは眼鏡の姿に戻る。

そっと手に取った眼鏡を鏡前に置き、セルロイドのひんやりしたフレームを撫でて、海里は囁いた。

「行ってきます」

『行ってらっしゃいませ』

ロイドの声に送られ、海里は楽屋を出た。

久し振りの武者震いだ。脚が小刻みにガクガクしている。

（舞台袖で、いつも李英とやり合ったっけ）

また顔が強張りそうになるが、懐かしい記憶が、海里の胸を温めてくれる。

手のひらに「人」という字を指先で書いて、ゴクリと飲み込む。

懐かしいおまじないを今日はひとりでやり、ひと呼吸おいて、海里は今夜の戦場、「シェ・ストラトス」の舞台に歩み出た。

途端に、さっきまでのざわめきが静まり、客席を埋める人々の視線が、一瞬にして海里に集まる。

視線というのは、本当に刺さるものだ。

全身の皮膚がチリチリして、緊張と不思議な高揚感が入り交じり、鼓動が速くなる。

客席は、八割がた埋まっていた。

自分を見つめる人々の中に、海里は子供のようにワクワクしている淡海の姿を見つけた。

それから……一応連絡はしたものの、まさか来るとは思っていなかった、兄、一憲の姿も。

まるで自分が舞台に立っているかのようにガチガチに緊張している兄の横で、彼の妻である獣医師の奈津が、エアー拍手で海里を応援してくれている。

（兄ちゃん、倒れたり吐いたりしないといいけど。大丈夫かな）

兄を心配しているうちに、海里の肩からいい具合に力が抜けていく。

みんなの思いが、海里を包んで守ってくれる……さっきのロイドの言葉が、痛いほど真実だと感じられて、海里の頬が、自然に、やわらかく、大きな笑みを作っていく。

「ようこそ！　里中李英、本日病欠につき、俺、五十嵐海里は、ついにひとりぼっちになってしまいました」

海里の陽気な口上に、客席は大いに沸き、「頑張れ！」という励ましの声まで飛んで来る。

まさに、「ツカミはオッケー！」である。

（ホントだな。笑顔、大事だ。俺がリラックスしてなかったら、お客様もくつろげない。全力で楽しんでいこう！）

ぐねぐねとしつこく迷走するわりに、最終的に腹が決まれば強いのが海里の持ち味である。

「ありがとうございます。精いっぱい務めます。本日朗読します作品、『ふたごの星』は、淡海五朗先生、まさかの書き下ろし。今夜が、世界初公開の中編です。所要時間は約四十分、どうか最後まで、ごゆっくりお楽しみください」

驚きの声と温かな拍手に包まれ、深々と一礼した海里は、舞台中央に置かれた木製の椅子に腰を下ろした。

スポットライトが、眩く自分を包む。

舞台が怖い？

怖いに決まっているが、同時に楽しい。ワクワクする。

芸能界に戻るのが怖い？　ササクラの誘いを受けるのも怖い？

それだって、うんと怖いに決まっている。だが、その怖さに向かい合うのは、今ではない。今は、このささやかな舞台に全身全霊で取り組み、目の前の客を目いっぱい楽しませ、自分も全力で楽しみ、役者としての経験を一つずつ積み上げていくのみだ。

（迷わねえ。今は、今がすべてだ）

そんな決意と共に、海里は静かに台本を開いた。

色とりどりのラインと、細々した書き込みが、「お前は精いっぱい頑張ってきた。胸を張れ。ベストを尽くせ」と海里に呼びかけてくるようだ。

静かに呼吸を整え、自分に注目する客たちの顔をぐるりと一度見回してから、海里は台本に視線を落とした。

「生き馬の目を抜くよう。そんな言葉が似合うのが、芸能界。自分以外の人間は、皆が競争相手、皆が敵だ」

冷ややかに読み上げた最初のくだりに、客席の空気がピンと張り詰める。

自分の芝居で、生き物のように表情を変える場の雰囲気を全身で感じながら、海里は、あれほど渇きを訴えていた喉が自然に開き、ついぞなかったくらいののびのびした声が出ることに気づいていた。

「死に物狂いで自分だけの芸風を編み出したところで、すぐに似たような、しかも後発ゆえにさらに冴えた芸を携えた奴が現れる。どんな持ち味がウケるのかはさっぱりわからない。必死で鍛えた技術より、無邪気な微笑みひとつが遥かに強い吸引力を発揮することなど、ざらだ。どうにも救いのない、残酷で、冷ややかな世界。何故こんなところに、みずから望んで飛び込んでしまったのか……」

主人公のひとりが、どん底から吐き出す嘆きで、物語は始まる。

かつての自分の憤りや絶望を主人公の心に添わせながら、海里は再び、自分が新たな扉を開き、小さな一歩を踏み出したことを実感していた……。

エピローグ

「こんばんは〜」

ガラリと引き戸が開く音に続いて、のんびりした男性の声が聞こえた。

シンクの前で作業中だった夏神は、顔を上げ、目元を和ませた。

店の入り口に立っていたのは、作家の淡海五朗だったのである。

チラと壁の時計を見て、夏神は少し心配そうに問いかけた。

「いらっしゃい、先生。ここでお会いするんは、しばらく振りですね。ちゅうか、えらい遅いお越しで。タクシーですか?」

「うん。さすがにお散歩にはちょっとおっかないからね、丑三つ時って。まだいいかな? 他にお客さんがいないから、僕のせいで店じまいが遅くなって、かえって迷惑だろうか」

「何言うてはるんですか。意外と明け方近くに駆け込みで来はる人もいます。要らん気ぃ回さんと、座ってください。俺の店に来て、腹ペコで帰った人はいてへんですよ」

「早い朝ごはんを求めて、って人もいるか。なるほど。じゃ、お言葉に甘えて」

　夏神がカウンターを手で示すと、淡海はお気に入りの席に腰を下ろし、嬉しそうに店の中を見回した。

「いつも出前でお手数をかけてるから、今日は店にお邪魔したんだ。あれ、今夜は、五十嵐君とロイドさんはいないのかい？　珍しいね」

　そう言われて、夏神は自分を指さして苦笑いした。

「久し振りに、開店から閉店まで俺だけですわ。たまに、あいつらが何時間かおらんことはありましたけど、フルにひとりはホンマに久々なもんでうっかり満席になってしもたときは、ありがたいけど死ぬかと思いました」

「そりゃそうだろうね」

「俺、イガとロイドが来る前、どないして店をひとりで切り回しとったんか、もう忘れてしもて。手早うできるように丼ものにさしてもろたんですけど、それでもまあ、てんてこまいでしたわ」

「あはは、お疲れさま。でもそれは、とても幸せな忘却だねえ」

「ホンマに」

　しみじみと頷き、淡海のために熱いほうじ茶を煎れながら、夏神は説明した。

「しばらく入院しとった里中君が退院して、体調もだいぶ落ち着いたんで、今日から二泊三日で旅行に行きよったんです。前に有馬温泉に行ったときはロイドを置いていったんで、今回は一緒に、三人でわちゃわちゃ楽しゅう行ってこい言うて放り出しまして」

「ああ、そうか、金曜から日曜まで使えば、仕事を一日休むだけでいいものね。どこへ？」

「里中君の希望で、山口のほうらしいですよ。いつか時代劇もやりたいから、幕末志士の生きた環境に触れたいとか、そういう。どこまでも、役者馬鹿で生真面目な子ぉですわ」

　感心しきりの夏神に、淡海も同意する。

「本当だね。経験を重んじる姿勢は、とてもいいな。とはいえ、五十嵐君たちは、旅行から帰って翌日から仕事か。若いなあ。僕なんか、取材旅行から戻った次の日なんて、日向のナメクジくらい使い物にならないよ。なんなら三日くらい寝こむね」

　情けないことを自信満々で語る淡海を、夏神は呆れ顔で見ながら、カウンター越しにほうじ茶を注いだ湯呑みを置いた。

「先生はもうちょっと鍛えはったほうがええですよ。俺の行きつけのボルダリングジム、今、里中君が受付のアルバイトしてますし、体験教室に行ってみはったらどうですか？何やったら、お供しますし」

　夏神のそんなアドバイスに、淡海は椅子に座ったまま軽くのけぞり、いかにも嫌そうな顰めっ面をした。

「勘弁してよ、マスター。この両手は、特に指先は作家の大事な商売道具なんだよ？崖登りに使って、怪我したら困るじゃないか～」

「怪我せんように教えるんが、ジムの仕事なんですけどね。まあそやけど、筋肉痛でキーボードを叩かれへんようになると困りますか」

「そうそう、困っちゃう。それに、代謝効率を考えれば、鍛えるべきは下半身でしょ。だからこう、家庭用のトランポリンでも買おうかとは思ってるんだけど」

「そらええかもしれませんね。最近は、クッションを兼ねる奴も売っとるそうやし」

「そうそう。そのくらいのライトな奴から、無理なく始めたい……いつの日か」

　絶対に始めそうにない口調と表情でそう言う淡海をやや胡乱げに見やりつつ、夏神は手を洗い、タオルで拭きながら訊ねた。

「定食でええですか？　今、誰もいてませんし、あるもんを使うて、先生が食べやすいもんを作りますけど。先生は小食やから、うちの日替わりは重たいでしょ」

「まーた、マスターは、そうやって僕を甘やかす！　でも、確かにそうなんだよね。今、表で日替わりのメニューを見て、半分お持ち帰りを頼まなきゃいけないかなって思ってたところ」

　申し訳なさそうに、それでも嬉しそうに淡海は言った。夏神は、さもありなんと頷く。

「やっぱし。たまさか、豚ロースのええのんが入ったんで、久し振りにトンテキ丼にしたんですわ。特に若い連中にはえらい喜ばれるメニューではあるんですけど、先生にはきついやろなと思うて。ええですよ、食べたいもん、言うてみてください」

「うーん、そうだな。材料があるかどうかわからないけど、鮭おにぎりと、何か青菜的なものと、あと味噌汁なんてどう？」

「お安いご用ですわ」

夏神はホッとした顔で笑い、すぐに冷凍庫からフリーザーバッグに入れた塩鮭を一切れ、出してきた。

「塩鮭は常備しとるんです。俺らのまかないにもええですしね」

「やった！　さすがマスター。じゃあ、楽しみに待たせて貰おう。それにしても、マスターとこの店で二人だけっていうのは、本当に久し振りだねえ。懐かしささえ覚える」

「ホンマに」

魚焼きグリルに凍ったままの塩鮭を入れて火を点けた夏神に、淡海は興味深そうに質問した。

「それ、凍ったままで焼いちゃっていいの？　料理をするキャラクターも出てくるから、そういうの、知りたいんだよね」

「諸説ありますけど」

まるで最近流行りの雑学番組のような台詞を口にしてから、夏神は説明した。

「勿論、解凍できる時間があったら、したらええと思います。特に生鮭は。冷蔵庫に入れて、じんわりやんわり解凍したら、まあ失敗しませんし」

「へえ、冷蔵庫か」

「けど、塩鮭は、そのまま焼いても大丈夫です。焼きより、冷凍のやり方が大事なんですわ。よう水気を拭いて、ラップでぴちっと巻いて、空気をなるたけ抜きながらフリーザーバッグに入れて、ほんでこう……」

　夏神は、手元にあったステンレスのバットを淡海に示した。

「ステンでもアルミでもええですけど、とにかく金属製のバットに載っけて冷凍庫に入れるんですわ。はよ凍りますからね」

「なるほど！　色々コツがあるんだね。でも、凍ったままで焼いて、中が生焼け、とかないの？」

　淡海はシャツの胸ポケットから取り出したメモ帳に、サラサラと夏神の話を書き付けながら、問いを重ねる。

　いきなり取材が始まってしまったことに苦笑しつつも、プライバシーに踏み込まれない限り、断る理由はない。夏神は手を動かしながら答えた。

「このくらいの厚みやったら、大丈夫ですわ。弱めの中火でじっくり焼いたら、普通に焼き上がります。分厚いときは、途中まで焼いてしばらく火ぃ止めて、グリルん中でじっくり熱を回す感じにして、また焼いて……で、たいてい上手(うも)ういきます」

　淡海は軽く身を乗り出すようにして、夏神の手元を眺め、感心しきりの声を上げた。

「なるほど！　魚一切れにしても、プロの知恵があるんだねえ」

「そない言うほどのもんでも。家庭で料理する人らも、経験から色々工夫してはるでしょう。求める仕上がりは色々やし、そこに至る道も一本やないのが料理ですしね」

「おっ、それはとてもいい言葉だ！　貰っていいかな？」

「そない言うて貰うようなもんでも。ええですけど」

「ありがとう！　小説で使わせてもらうときは、あとがきに感謝の言葉を入れるよ」

「……そら、どうも」

あからさまに閉口しつつ、夏神は淡海の前に小振りの鉢を置いた。

「まあ、まずはこのへんでもつまんどってください」

「ありがとう。おお、菜の花？　春らしいね」

日替わり定食には使わない萩焼の洒落た小鉢には、菜の花の胡麻和えが入っていた。

夏神は、笑顔に戻って言った。

「自分の晩酌用にちょこっと買うて、茹でたとこやったんですよ」

「おや、マスターの肴の上前を撥ねちゃうのか。申し訳ないね」

すまなそうな声を出しつつも、淡海は嬉しそうに菜の花を箸でちょいとつまみ、口に放り込んだ。

「ああ、春の味だ！　ほろ苦い」

「もう終わりかけですけど、間に合ってよかったですわ」

そう言いながら夏神は魚焼きグリルをいったん開けて中の様子を確かめ、火加減を微調整する。

「日本酒でも使うて、全体をしっとり焼いてもええですけど、今日は解しておにぎりにするんで、食感が違うとこがあったほうが、楽しいでしょ。外カリ、中フワで」

「聞くだに旨そうだよ」

「これもよかったら」

そう言って、ごく小さな器に、少し甘めの出汁で煮含めたうすい豆を盛りつけて出し、夏神はしばらくの間、おにぎりの他の具材を準備しながら沈黙した。

淡海も、まるで酒飲みのようにちびちびと豆をつまみながら、実際は熱いお茶を、静寂ごと楽しんでいる様子だ。

そんな中、夏神がふと、口を開いた。

「詳しいことは言われへんのですけど、俺、先生の気持ちがようわかりました」

淡海は、興味をそそられた様子で、箸を置く。

「僕の気持ち？　どのあたりの？」

「誰よりも大事な人がここにおって……」

夏神は、大きくて肉厚な手のひらをTシャツの胸元に当て、静かに言葉を継いだ。

「それが嬉しゅうて、心強うて、今やったら何でもできる、何も怖うないと思う気持ち。そん人がおらんようになった後の、心に深い深い穴が空いたような気持ち。そのあたりのことですわ」

いつもお喋りな淡海だが、それにはすぐに言葉を返さず、ただ、驚きを隠さずに、まじまじと夏神の顔を見つめる。

夏神が言っているのは、明らかに、自分の妹、純佳がかつて、彼の中に同居していたこと、そして今はもういないことだ。

まさか、そんな奇異な経験をした人間が自分以外にそうそういるとは思えないし、それが目の前の豪放磊落な男であるなどとは夢にも思わなかった淡海は、さすがに呆気にとられたまま、それでも作家の業か、質問を試みる。

「……そうだなぁ。どうしてそんなことがわかるのか、という質問は」

「なしで頼んます」

シンクで手を洗いながら、夏神は淡海の追及をあっさり退ける。

「なかなかに殺生だな、マスターは！　おあずけが過ぎるよ」

真顔でそう言い、それでも淡海はどこか穏やかな表情で、自分の薄い胸に夏神と同じようにそっと触れた。

「妹が……純佳がいた場所には、一生、大きな穴が残り続けるんだと思う。穴の底からは、寂しさや後悔や痛みが常に湧き出し続けている。それも、生涯止むことはないんだろう」

夏神は、淡海の言葉に無言で、しかし深く頷く。

「でも僕は、この穴があるおかげで、この先も道を過たず生きていける気がするんだ。かつて僕を心から愛してくれた、その人の痕跡が、常に身の内にある。それは、つらくて、同時にとても幸せなことだ」

「……わかります」

夏神は、言葉少なに同意して、グリルを開けた。焼き上がった鮭を皿に取り、菜箸で器用にほぐし、骨を丁寧に抜いていく。

漂ってくる香ばしい匂いを嗅ぎながら、淡海は頬杖を突き、淡く微笑んだ。

「事情はわからないけれど、この感覚を共有してくれる人が現れて、しかもそれがマスターだとは夢にも思わなかったな」

「俺も、先生がイガにあないな非道をやらかした理由を、まさかこの身でちっとくらいは理解できるようになるとは思いもよらんかったです。けど、わかりました。おらんようになったあとの気持ちも」

「僕と同じ？」

「ほぼ」

「マスターも、道に迷わず進んでいけそうかい？」

淡海に問われた夏神は、「俺はアホやから、これからも迷うと思います。何度も」と答え、炊飯器の蓋を開けた。

「そやけど、胸ん中に、あいつが置いていってくれた、いつまでも消えへん灯りがあるように感じます。俺が迷うたら、きっとその灯りが、行くべき道を照らしてくれる。迷うんが、怖うなくなりました」

夏神はそう言って、ニッと笑った。

茶碗に山盛り二杯分のご飯をボウルに取り、ほぐした焼き鮭といり胡麻、それに茹でた菜の花の残りをギュッと絞り、粗みじんに切ったものをしゃもじでざっくり混ぜる。

それを大きな二つのおにぎりにして、海苔は巻かずに一つずつ皿に載せ、夏神は一つを淡海の前に、もう一つを自分の前に置いた。

「俺もお相伴しますわ。作ってみたら、我ながらえらい旨そうや」

「それはいいね。僕もひとりで食べるより、マスターと一緒がいい。……そうか。マスターは、小さな灯りを手に入れたんだね。僕のは、小さな羅針盤かな」

「そら、頼もしいですな」

二人は顔を見合わせ、互いにほほ笑み合った。

詳細な事情を聞かずとも、淡海は、自分に向けられた夏神の共感を感じとることができたし、夏神は、初めて本当の意味で淡海の心に近づけた気がしていた。

そんな二人の前で、同じ三角形のおにぎりが、ほかほかと温かな湯気を立てている。

「じゃあ、おにぎりで乾杯しよう。……事情は知らねど、同志よ。お疲れさま！」

「お疲れさんです」

大人の男ふたりは、大ぶりのおにぎりをカウンター越しに軽く触れ合わせ、そして、ほぼ同時に大口を開けて、勢いよく齧りついたのだった……。

まいど、夏神です。イガもロイドもおらん日ぃに用意した、下ごしらえさえちゃんとしとったら、あとはパパッと作れるメニューです。トンテキ丼は、失敗がないように、今回は生姜焼き用の厚みの肉を使います。豚肉はちゃんと火を通さんとあきませんが、焼き過ぎにも注意してください。固うなります。

イラスト／くにみつ

スタミナをつけたい日のトンテキ丼

★材料（2人前）

豚ロース（生姜焼き用）　200〜300g

腹具合に合わしてもろて。肩ロース肉が手に入ったら、そら最高です

ニンニク　2〜3かけ

臭い残りが気になるっちゅうときは、無臭ニンニクを使うてください。ないよりは、使うたほうがうんと旨いんで

千切りキャベツ　1つかみ

コンビニなんかで、千切りのパックを1つ買うてきてもらうんが、話が早いと思います。勿論、家で切ってもろたら上等です

食用油　適量

塩、胡椒　少々

●タレ

ウスターソース、または中濃ソース　大さじ3

このへんはお好みで。混ぜてもええです。中濃ソースはとんかつソースでもええですが、その場合はウスターと半々がおすすめ

醤油　大さじ2

みりん　大さじ1

砂糖　大さじ1〜2

これもお好みで。まず大さじ1から試してください

酒または水　大さじ1

ご飯　食べたいだけ

★作り方

❶ニンニクを薄切りにして、面倒でも芯は除いてください。フライパンに油を大さじ1とニンニクを入れて、弱火で炒めます。フライパンを傾けて、ニンニクが油に浸るようにしといてもらうとええ感じです。ニンニクがきつね色になったら火から下ろして、すぐにキッチンペーパーの上に取ってください。これは仕上げに添えます。

❷豚肉はそれぞれ2〜3切れに切って、軽う片面に塩胡椒したら、ニンニクを炒めたフライパンでじゃんじゃん焼いていきます。ニンニクを控えたい人は、いったんフライパンを洗うて、新しく油を引いて焼いてください。中火で両面焼いて、ええ焼き色がついたら、いったんバットにでも取り出しておきます。

❸フライパンに残った油をキッチンペーパーで拭き取ってから、タレの材料を全部入れて煮立てます。馴染んだら、肉を戻して手早く絡めて火を止めます。

❹丼にご飯を盛りつけて、千切りキャベツを敷いて、肉をその上に並べます。フライパンに残ったタレを回しかけて、お好みで❶のニンニクチップを添えて召し上がれ！

手持ちがあったら、いり胡麻や大葉の刻んだやつなんかも、よう合います。ワシワシとやんちゃに食うてください。

ほっとする味。冬瓜と卵のとろみ汁

★材料（作りやすい量）

冬瓜　300〜400gくらい
卵　1個
出汁　3カップ以上
おろし生姜　適量　チューブで十分です
薄口醬油　小さじ1
片栗粉　小さじ2くらい

★作り方

❶冬瓜は皮とわたを取り除いて、適当な幅に切ってから、薄切りに。どのみち崩すんで、好きに切ってください。薄切りのほうが、早う火が通ります。皮が固いんで、指を切らんよう、ようよう気ぃつけて。
❷出汁に薄口醬油と冬瓜を入れて、柔らこうなるまでことこと煮てください。急ぐときは、まず耐熱容器に冬瓜を入れて、ラップで蓋をして、電子レンジで2〜3分加熱してから出汁に入れてもろてもええです。
❸冬瓜が柔らこうなったら、マッシャーか玉じゃくし、木べらでもええです。ざくざくと荒っぽう潰してください。そのほうが、口当たりがようなります。味を見て、物足りんようやったら、薄口醬油か塩を少し足してください。
❹片栗粉を同量の水で溶いて、❸が煮立っとる状態でジャッと入れ、すかさず、とろみがつくまでよう混ぜます。焦らんでええですが、手は休めんように。弱火にしたら、よう溶きほぐした卵を細う流し入れて、ひと呼吸おいて大きく掻き混ぜて、火ぃを止めてください。
❺器に盛ったら、おろし生姜をお好みの量、ちょんと載せます。

こってり丼の口直しにピッタリ、和風即席ピクルス

★材料（作りやすい量）

ミニトマト　8個

大根　10cm分くらい

パプリカ　1個分

> 色を変えて、赤と黄で1/2個ずつ使うても、カラフルでええ感じになります。人参でもOKです

セロリ　1/2〜1本

> 苦手やったら、うどやカリフラワー、れんこん、胡瓜なんかでも。野菜は、色の取り合わせが綺麗になるように考えながら、お好きなもんを使うてみてください。俺はヤングコーンなんかも好きです

●調味液

出汁　200ml

> 種類は何でもええんですが、旨味をきかせたいんで、水よりは出汁で。勿論、水＋出汁のもとで十分です

みりん、酢、薄口醤油　各大さじ3

お好みで、砂糖少々

★作り方

❶大根とセロリは拍子木切りに。5cmくらいの長さで、お好みの細さの棒状に切ってもろたらええですが、サイズは揃えておいたほうが食べやすいですし、味が同じように染みてええです。パプリカも、だいたい大根・セロリと同じサイズに切っておいてください。

ご家庭やったら、敢えてサイズバラバラで味染みを変える！　っちゅうんも、面白いかもしれへんですね。

❷鍋に湯を沸かして、まずはヘタを取ったミニトマトを湯剝きに。皮に包丁で切り目をちょいと入れておくと、すぐ剝けてきます。そうしたら冷水に取って、皮を綺麗に取り除いてください。同じ湯で、他の野菜もサッと茹でます。全部いっぺんに放り込んで、もう一度沸騰したら、1分くらいで十分ですわ。ざるに上げて、よう水気を切ってください。

❸鍋に調味液の材料を全部入れて、煮立ててください。みりんのアルコールを飛ばしつつ、味を見て、もうちょっと甘いほうがええなと思うたら、砂糖をちょっとずつ入れて調整してください。

❹水気を切った野菜をボウルに入れて、あつあつの調味液を注ぎ入れます。しばらくの間でええんで、へらでも使うて、大きく、野菜を空気に触れさせながら、和えるように混ぜてください。あとは、粗熱が取れるまで冷ましたらもう食べられます。そのまんまでも、冷蔵庫で冷やしても。

※ピリッとした刺激がほしいっちゅう場合は、調味液に鷹の爪（輪切り）を少し入れてみてください。

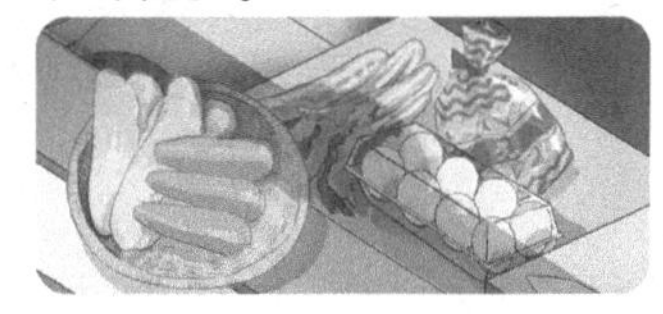

本書は書き下ろしです。
この作品はフィクションです。実在の人物、団体等とは一切関係ありません。

最後の晩ごはん

ゲン担ぎと鯛そうめん

椹野道流

令和4年 7月25日 初版発行
令和6年 11月25日 再版発行

発行者●山下直久

発行●株式会社KADOKAWA
〒102-8177 東京都千代田区富士見2-13-3
電話 0570-002-301(ナビダイヤル)

角川文庫 23263

印刷所●株式会社KADOKAWA
製本所●株式会社KADOKAWA

表紙画●和田三造

●お問い合わせ
https://www.kadokawa.co.jp/ (「お問い合わせ」へお進みください)
※内容によっては、お答えできない場合があります。
※サポートは日本国内のみとさせていただきます。
※Japanese text only

ISBN 978-4-04-112731-5 C0193

◆◇◇

角川文庫発刊に際して

角川源義

第二次世界大戦の敗北は、軍事力の敗北であった以上に、私たちの若い文化力の敗退であった。私たちの文化が戦争に対して如何に無力であり、単なるあだ花に過ぎなかったかを、私たちは身を以て体験し痛感した。西洋近代文化の摂取にとって、明治以後八十年の歳月は決して短かすぎたとは言えない。にもかかわらず、近代文化の伝統を確立し、自由な批判と柔軟な良識に富む文化層として自らを形成することに私たちは失敗して来た。そしてこれは、各層への文化の普及滲透を任務とする出版人の責任でもあった。

一九四五年以来、私たちは再び振出しに戻り、第一歩から踏み出すことを余儀なくされた。これは大きな不幸ではあるが、反面、これまでの混沌・未熟・歪曲の中にあった我が国の文化に秩序と確たる基礎を齎らすためには絶好の機会でもある。角川書店は、このような祖国の文化的危機にあたり、微力をも顧みず再建の礎石たるべき抱負と決意とをもって出発したが、ここに創立以来の念願を果すべく角川文庫を発刊する。これまで刊行されたあらゆる全集叢書文庫類の長所と短所とを検討し、古今東西の不朽の典籍を、良心的編集のもとに、廉価に、そして書架にふさわしい美本として、多くのひとびとに提供しようとする。しかし私たちは徒らに百科全書的な知識のジレッタントを作ることを目的とせず、あくまで祖国の文化に秩序と再建への道を示し、この文庫を角川書店の栄ある事業として、今後永久に継続発展せしめ、学芸と教養との殿堂として大成せんことを期したい。多くの読書子の愛情ある忠言と支持とによって、この希望と抱負とを完遂せしめられんことを願う。

一九四九年五月三日